文治
© wénzhì books

雪舞

〔日〕渡边淳一 著
周浩 汪燕 译

浙江文艺出版社

目录

contents

第一章

一

这是冬天二月里一场罕见的雨。雨水一落到积雪的中庭，仿佛被地上的积雪吞噬了一般，立刻无声无息了。二月份的下午三点多钟，即使是在日落较早的札幌，也还没到天黑的时候。厚厚的乌云，使天空看上去比积雪的庭院还要阴沉。

野津修平双手撑在研究室的窗台上，凝视着笼罩在蒙蒙烟雨中的冬景足有五六分钟了。从他所在的五楼窗口望出去，越过积雪的中庭，可以看见对面的病房大楼。灰色的墙壁在风雨中看上去有些倾斜。对面四楼窗外的阳台，被当作临时的冰箱，盛放着满满一大袋柑橘。袋口的绳子松了开来，在雨中摇摆不定。

若是在临近春天的三月末下雨，倒没什么稀奇的。但在寒冬二月里下雨，在野津的记忆中，还是第一次。通常情况下会凝结成雪花的水蒸气，是如何在高空遇到突如其来的暖气流，进而形成降雨？这中间复杂的变化过程，野津也不是很明白。

无论如何这是一场罕见的雨。三天前的积雪，因为这场雨水而崩塌，一下子失去了冬天应有的生气。从屋里往外看，被坚硬的玻璃隔绝在窗外的无声的雨景，仿佛是另一个世界的存在，无边无际，白茫茫的一片向远方扩展开去。

野津看了一会儿窗外的雪景，又回到办公桌前。

两边带抽屉的办公桌正中间，摆着一台显微镜。渐渐暗下来的屋子里，显微镜的聚光点显得格外明亮。

从下午两点开始看切片标本，这已经是第二十张了。全都是上周患小脑脑桥角肿瘤死亡的七岁儿童的脑组织切片。经过双重染色，脑细胞呈淡红色，而细胞核则被染成黑色。其间到处散布着有巨大的核的肿瘤细胞。这些就是导致小孩发病仅三个月就死亡的致命元凶。随着切片的部位越来越靠近肿瘤，癌细胞明显增多，到处可以看到如同画着红线似的出血巢。

还剩十张切片。野津向窗外望了一会儿，休息了一下眼睛，又朝显微镜看去。

又看了几分钟，桌上的电话铃响了。

“你好！”

一听声音，野津就知道来电话的是大学同学水江。

“好久没见了。打搅你两三分钟，可以吗？”

“正在看切片标本。没事，你说吧。”

“其实是有个病人，想让你帮着看一下。初步诊断下来，我认为是脑积水。”

野津是专攻脑外科的。而水江一年前继承父业开起了儿科医院——他父亲因脑出血病倒了。

“另外这个孩子因脊柱裂，下半身已经完全麻痹了。”

“孩子几岁？”

“出生六个月的男孩。哺乳不足，有点营养不良。我怕再这样下去他会因营养失调危及生命，所以请你务必帮忙看一看。”

“没问题。什么时候送过来？”

“实在不好意思，能不能请你出诊一趟？”

野津工作的中央医院位于市中心，周围是札幌市政府机关所在地。五年前才落成，共有床位三百六十张，是札幌市规模最大的公立医院，设施十分齐全。不过因为是公立医院，原则上不出诊。即便是急诊患者，也必须送到医院就诊。

“大约两个月前，我到他家出诊并认识了孩子的父母。孩子出院后一直养在自己家中的保育箱里。之前只想着无论如何要保住孩子的性命，没有注意到大脑的情况，后来才发现智力发育也有滞后的迹象。”

“或许是脑水肿导致的吧。”

“所以孩子的父母表示一定要请脑外科的专家诊断一下。但是以小孩现在的状况，根本一刻也离不开保育箱。这么冷的天气，送到医院去实在是有困难。况且作为父母而言，把这样的小孩带到医院，被人看到的话，心里会很难受吧。”

“那倒也是。”

“孩子的父亲叫桐野伦一郎，是有名的建筑设计师。”

“嗯，听说过。”

“因为是长子，所以特别担心。我知道你们医院规定不允许出诊，不过还是拜托你破例帮忙去看一下吧。”

“如果你觉得我合适的话，那么好吧……”

水江已如此说，野津不好意思再推辞。

“太好了！那，什么时候去？”

“时间吗？就下班以后吧。今晚怎么样？”

“对方当然是希望越快越好。那就今晚吧，拜托了。几点钟？”

“四点还有一个讨论会，大概七点结束。”

“七点的话正合适，我开车去接你。”

“你来接我？”

“他们家的情况比较复杂，正好可以在途中把详细情况告诉你。我会通知他们说七点半到。一切都拜托了！”

难得听到水江的语气那么兴奋。野津又向窗外的冬雨望了一眼，然后再次埋头注视起显微镜来。

二

雨下了一下午，到傍晚又变成了雨夹雪。暖气流带来的这场雨，似乎捎来了一丝春天的气息，转眼之间就被雨夹雪带回了冬季。

内部研讨会于下午四点在医疗部准时开始。

发言的是比野津低三级的谷村。他介绍的是哥伦比亚大学脑神经外科的 M. 马尔第教授发表的论文——《恶性肿瘤的脑转移》。

这篇论文认为，由于恶性肿瘤向脑部的转移都发生在癌症晚期，所以脑神经外科医生往往一开始就态度消极，没有采取积极的治疗措施，只是束手等待死亡的降临。

近年来，随着医学水平的进步，恶性肿瘤患者的生存时间不断延长，即使肿瘤转移到脑部依然能够存活的病例大量增加。然而这部分患者却饱受因肿瘤转移到脑部引发的剧烈头痛、眼球突出、颅压高等副作用的折磨而痛苦不堪。

以前，医生认为反正无法治愈，常常对这类患者随意使用镇痛剂或镇静剂，始终抱着消极的治疗态度。今后，我们应该采取开颅、眼窝减压等手术方式尽量减轻患者的痛苦。事实上，有许多癌细胞已经扩散到脑部的患者，做完手术后，尽管剩余的时间短暂，但他们却因此从痛苦中获得了解救，安乐地度过了最后的时光。

以上就是马尔第教授这篇论文的主要观点。

中央医院的脑外科共有三人，即主任医师远野、野津和今天研讨会发言的谷村。

参加研讨的除了他们三个外，还有大学来的一两名年轻医生，最多时加起来不过四五人，是一个很小的组织。今天和谷村同期的两名医生也从大学赶来旁听。他们之所以大老远地跑来参加，是因为以远野为带头人的这个研讨会内容丰富，而且气氛轻松活跃，不拘小节。

这里的内部研讨不像在大学里，教授以下一个个正襟危坐，满脸严肃。只要你想，随时都可以在发言中途提问。即使叫来外卖边吃边听，大家也不会有意见。远野虽然在大医院的主任医生一级里也算得上是出类拔萃的精英，但对于礼节，他是从来都不在乎的。

谷村介绍完论文，又展示了书中刊登的一例手术的X光片，并做了说明。随后进入了提问讨论阶段，大家提了几个问题。接着又围绕术后症状的改善、生存期限的延长等问题展开了讨论。一个小时后，大家讨论得差不多了，由远野来做总结。

“我完全赞同马尔第教授的意见。我们医院也在积极考虑为转移患者实施手术治疗。但是，这并不是说我们赞同了他的观点，就要为所有的恶性肿瘤脑转移患者实施手术。对于这类患者而言，无论是否手术，都不能根治，只是通过手术暂时性地缓解病人的剧烈头痛和眼痛而已。正因为如此，选择就更加艰难。在决定是否进行手术时，我们首先要考虑的是能不能确实延长患者生命。如果患者因为接受手术而更加虚弱，导致患者加速死亡，那就没有任何意义了。虽说针对的是脑转移，当然最重要的还是要查清楚肿瘤原发病灶的状况。即使脑转移的症状得到了改善，如果原发病灶进一步恶化，手术也同样没有了意义。另外，到了恶性肿瘤末期，患者本人的生存欲望也是个大问题。执意给一个丧失了生存欲望的人动手术，硬要延长其生命，也会产生很多问题。对于这样的患者，单单只要减轻痛苦的话，用麻醉剂使其陷入昏睡即可。还有一点就是，家属的意见也十分重要。生病的是患者，但支撑和维持治疗的却是家属。只要医生说手术可以让患者多活一段时间，恐怕大部分的病人家属会说‘请手术吧’这样的话。然而仅仅为了延长一个月的生命，或者是半个月的症状缓解而需支付巨额治疗费用，这样的手术能真正得到家属的理解和认同吗？因此，医生的言辞绝不能带有强制的语气，必须考虑到家属的感受，尽可能注意措辞。总之，医生除了医学上的考量以外，也要顾及社会因素，在这个基础上来决定是否手术。做这样的手术，光考虑医学技术方面肯定是不行的。关于这方面的建议，论文里没有提及，其实这才是最难把握的问题。当然，对这个问题的看法也会因为国家和社会环境的差异而有所不同，不能简单地一概而论。由于现实中有很多恶性肿瘤脑转移病例，让人动辄觉得应该马上手术，其实真正适合做手术的数量比马尔第所讲的要少很多。因此，我们对于这篇论文不能囫囵吞枣地理解。对于是否要手术的问题，要充分考虑上述各方面因素之后再做决定。”

远野的见解确实是切中了问题的要害。

所谓社会因素的说法，未免有违背医学原则向现实妥协之嫌。

年轻的野津很不喜欢这种感觉，但也理解现实中的确如主任医师所言，必须顾及这方面的因素。

五个人随后又围绕远野的意见畅所欲言了一番。

研讨结束，众人开始畅饮啤酒时，已经过了六点。

三

桐野家位于札幌西郊宫之森的幽静住宅区。房屋依山而建，是一栋带地下车库的优雅建筑。

“桐野今天好像有工作不在家。”

水江一边说着一边把车子停在车库前已经除过雪的空地上，下车登上门廊台阶。

不愧是建筑设计师家的房子，二楼的屋檐大胆地向外伸展，在依山的夜幕中看上去就像一只展翅高飞的黑色巨鸟。

摁响门铃，出来应门的是一个二十多岁女佣打扮的女人。看样子她已经和水江很熟悉了，说了一声“我们正等着您呢”，随即把他们请进了玄关左边的客厅。

客厅大概有二十平方米。地上铺着淡紫色的地毯，中间摆放着全套沙发，门的右边有一个壁炉。室内装有集中供暖设备，温度调得恰到好处。整个建筑的外观似乎很欧化，但内部无论是墙壁还是天花板均露出黑色木纹，洋溢着一种日式的稳重和舒适感。

“桐野曾设计过著名的球藻会馆和冰雪运动场，可以说是寒冷地区建筑设计的第一号人物。这座房子是五年前建造的。”

野津一边听着水江的介绍，一边望着天花板。这时门开了，一个穿和服的女子走了进来。和服是蓝花底白色细花纹的，腰间系着鲜艳的朱红色衣带，头发松松地向后绾了一个髻，使得本来就娇小的身体显得更加弱不禁风。

“这位是我的朋友野津。”水江站起来介绍道。

“初次见面，鄙姓桐野。”夫人望了一眼野津，有礼貌地鞠了一躬。

野津寒暄着还礼，并且有点吃惊。这位夫人与他想象中的不太一样。尽管没有刻意猜测，但野津想当然地认为，当红建筑设计师的年轻妻子，应该是一位性格活泼开朗的女子。没想到眼前的这位夫人，却是如此地文静和端庄。

“今天我一打电话，正好他晚上有空，我就立刻把他带来了。”

“百忙之中请您过来，实在是很抱歉。”夫人再一次深深地鞠了一躬。

“他是脑外科专家，一定会有办法。”

“冒昧打扰您，让您受惊了。可是我一直想，无论如何也要请脑外科方面的专家来诊断一下。”

也许是垂着头的缘故，夫人的额头看上去白皙而开阔，眉间一道不足一厘米长的细小伤痕不经意间显露出来。野津觉得，可能就是这个缘故，使他觉得这位夫人眉宇间笼罩着一层挥之不去的阴影。

女佣端来红茶和点心。夫人亲手从盘中接过，放到二人面前的茶几上。

“亮一现在睡了吗？”

待红茶在茶几上搁好，水江向夫人询问道。

“半小时前还睡着呢，现在已经醒了。”

“怎么着，把孩子带过来还是去卧室？”

水江接着向野津问道。

“怎么都行。”

"那我们去卧室吧。"

"还是先喝杯茶吧。"

"别客气，还是先检查吧。"

"那……好吧。"

夫人站起身来带路，二人在后面跟着。穿过过道的第二间，一个有十二三平方米大小的和式房间。房间的一角并排摆着婴儿床和保育箱。床上空着，摆着被子和枕头。

孩子躺在装着玻璃罩的保育箱中，眼睛追逐着光线在移动，肩膀以下被粉色的薄毛巾毯包裹得严严实实的。

"噢，今天精神不错啊。"

水江像大多数儿科医生一样，一边用嗓子发出怪声逗孩子，一边伸出手指碰了一下孩子的脸蛋。

保育箱长约一米，侧面绘有熊猫的图案。箱内温度保持在三十六摄氏度左右，如果有需要还可以向里面输送氧气。

"那先脱衣服吧。"

水江一说，夫人就打开保育箱上的玻璃罩，把手伸了进去。

孩子上身穿着前胸带摁扣的婴儿服，下身是一条薄纱布的裤子。夫人小心翼翼地慢慢解开衣服。孩子仍然只有眼睛在漫无目的地转动着，看上去完全是一种无意识的动作。

最后解下纸尿裤，孩子就完全裸露着了。这还像是一个小孩子吗？亮一干瘦的幼小身躯让人看了心疼不已。一般的婴儿都是胖乎乎的，胳膊和腿就像藕节。可亮一却瘦得只剩下皮包骨，皮肤也干巴巴的。胸前的肋骨一根根地凸起，中间的部位又像船底一样深深地陷下去。

"现在的体重是多少？"

野津用手掌轻轻地触压着孩子的胸口问道。

“六千五百克。”夫人答道。

水江又补充了一句：“最近还长了一些。”

产后六个月婴儿的平均体重应该是七千六百克，按照这个标准，亮一的体重轻了一千克。听起来一千克似乎没有多少，可是对于体重仅六千五百克的婴儿来说却是一个很大的数字。看来孩子确实患有严重的营养失调症。

野津的手从孩子的胸部向腹部滑去。孩子的皮肤十分干燥，就像摸在晒干了的海苔上一样皱巴巴的，感觉十分脆弱。

两腿内侧由于尿沤的缘故，因糜烂呈浅红色。阴茎和阴囊呈葡萄状蜷缩在一起。大腿细得仿佛用手一握就会折断。腿部的皮肤同样干枯而暗淡无光。

野津沿小腿向脚踝摸去，然后轻抬孩子的脚后跟。一瞬间，孩子发出“咿”的一声。与其说是在哭，不如说是从嗓子眼里挤出一记叫声。

“小亮亮，没事的，是医生在给你看病呢。”

一听到夫人的声音，孩子虽说听不懂什么意思，竟然配合地停止了哭声，只是不断地喘着粗气。

孩子的双腿无力地伸开，无论是用手指压还是用针尖轻触都没有任何反应。也就是说，孩子的逃避反射等于零。野津又试了试膝跳反射和跟腱反射，也是没有一点儿反应。检查结果说明孩子下半身严重瘫痪。

“下面把孩子翻过来。”

说完野津把孩子抱起来翻了个身。这时孩子又哼了一声，不过很快又安静下来。

孩子的背部出人意料地有着很长的胎毛，在灯光下闪着淡淡的金色光泽。背部同样很瘦，脊柱骨高高凸起，一节节可以数得清清楚楚。野津从上到下按顺序触摸，到了腰部停了下来。皮肤苍白暗淡的背部中间部位，隆起一个淡红色拳头大小的鼓包，这在医学上叫作“脊柱裂”，就是脊髓神经和脊髓膜在脊椎天生缺失的地方向外突出而形成的。

野津在确认了鼓包的大小和柔软度后，又重新让孩子仰卧，开始触摸头部。

浅铜红色的头发，头皮摸上去就像按在枯树叶上一样松脆，脑门随着呼吸上下起伏着。

野津从口袋里掏出皮尺，测量了一下孩子的头围。绕过后脑勺和前额凸出部分，测量了两次的结果都是四十六点五厘米，比标准多了三厘米。

野津再次按从头到胸、手和脚的顺序仔细摸了一遍。

孩子的脸瘦得缩成一团，但鼻梁却很直，眉眼间长得与夫人十分相似。因为生病,头显得特别大。前额凸出,反而增添了几分可爱。

“孩子的精神一直都这么好吗？”

“不，很少有这么好的。可以给他穿衣服了吗？”

“可以了。”

夫人好像已经等不及野津从保育箱前离开，迅速地把内衣套上孩子的胳膊。

“请两位先到那边的客厅休息。我给孩子穿好衣服就来。”

回到客厅，桌上已经摆好了水盆和毛巾。两人洗完手后并肩在沙发上坐下。

“还是脑积水吧？”

水江从西装口袋里掏出烟来，用茶几上的打火机点燃后问道。

“好像是的……”

“那么，治愈的可能性大吗？”

“不是没有，但很困难。”

“果然如此啊。”

水江抽着烟认真思考时，夫人回到了客厅。也许是急着给孩子穿衣的缘故，她耳边的发际看上去有些凌乱。

夫人微微颔首表示谢意，在两人对面的椅子上坐下来。

“我问过他了，似乎还是脑积水。”

水江呷了一口凉了的红茶说道。夫人微微点头，朝挂着帘子的窗户看了片刻，转过头来望着野津。

“所谓脑积水，是否就是指头部里面有积水呢？”

“准确地说应该是脑脊液。由于脑脊液的过多累积，头骨从内部受到向外的挤压，导致头部增大。”

“如果不加以治疗，结果会怎样？”

“孩子小的时候头骨柔软，受压会向外扩张，问题还不是很大。随着年龄增长头骨变硬，无法向外扩张时内部的压力就会增大。这样的话脑部受到压迫会产生各种不良症状。”

“孩子的智力发育好像也有点迟缓……”

“或许是由于受到脑脊液的挤压，抑制了大脑的发育。”

虽然这么说对一位母亲来讲过于残酷，野津还是实话实说了。夫人愣愣地望了一会儿放在膝盖上的双手，突然似乎打定了主意，又问道：

“那么能治好吗？”

“可能要做手术。”

“手术是不是越早越好？”

水江插话了。

“虽说如此，不过具体怎么做、什么时候做，还要在全面检查之后才能决定。”

即使同样患脑水肿，原因也不尽相同。手术的方法也必须做相应的调整。有的病例手术效果很好，有的病例做了手术却完全没有成效。何况，还有病人的体力能不能承受手术的问题。涉及专业问题，野津说话自然十分谨慎。

“要做进一步的检查，首先要住院才行。”

“我也这么看。”

“能住到先生的医院去吗？”

“只要您觉得合适，没有问题。”

“他们医院的主任医师，是医术高超的远野博士，夫人请放心吧。”

水江又插了一句。

“不过床位已经满了，无法立刻入住。”

“大概要等多久？”

“单间的情况要好一点儿吧。”

“如果能有单间的话，最好不过了……”

“如果要单间的话，下月初会有空房。”

“那就拜托您了。”

“既然今天初诊过了，我就直接帮您办理住院预约手续。请把孩子的名字告诉我。”

“一味地给您添麻烦，真是非常抱歉。”

夫人坐着又颔首称谢，这才告诉野津：“孩子叫桐野亮一。”

“三月份住院的话，天气也开始暖和了，太好了。”

水江猛地想到了一句。夫人却没有应答，脸色略显苍白，扭头望着窗帘外阳台上的夜色。

四

又过了十多分钟，两人离开了桐野家。这段时间里，水江又详细地介绍了野津所在医院的设备是如何先进，远野主任医师是如何地出类拔萃。夫人只是一味地点头，却一语不发。

他们在玄关穿上大衣来到屋外，雨夹雪已经变成了漫天的雪花。野津竖起大衣领，走出门廊下了台阶，走到车子旁边回首望去，桐野家巍然矗立在石头砌的地基上，气势威严。

“真是冷啊！”

水江把车里的暖气开到最大，踩下油门。

驶下一面傍山的下坡道，便到了一个十字路口。路右侧有一个小型的带顶棚的公交车站台。

从路口向左拐，可以去大苍山，那里建有奥运会跳跃滑雪场；向右穿过棒球场和动物园之间的森林，通往南一条大街。这一带是园山神社的森林，紧邻着公园的绿地，夏天的时候树木郁郁葱葱，一片枝繁叶茂的景象。不过此刻，除了云杉外，其余的树木都光秃秃地矗立在漫天飞雪的夜空中。

“人长得很漂亮吧？”

水江说话时，汽车正穿过冬季闭园的动物园门口，驶过与神社背后的小路相连的杉树林。

“嗯……”

野津点点头，一边掏出香烟，摁下座位前面的点烟器开关。

“你猜她多大年纪了？”

“猜不出来。”

“二十八岁，比她丈夫桐野先生小十五岁。”

野津拔出点烟器点着了烟。暖气直到现在才把温度升上来，车里终于暖和了些。

“那孩子，还能治愈吗？”

水江又把话题转到孩子身上。

“很难……”

“我看也是。”

雪更大了，不断打在风挡玻璃上，除了雨刮器来回摆动刮出的扇形区域还能看得见前方，其他部分都被积雪盖住了。

“这种病是因为脑室的脉络丛病变，产生过多的脑脊液造成的吧？”

水江看着前方的路发问。

“大致可以分为两种情况。一种是脑脊液的循环路径受阻引起积压在脑部，即所谓的闭塞性脑积水；一种是交通性脑积水，它并非因阻塞引起，其中又分为两种情况：一种是脑脉络丛长了肿瘤导致脑脊液分泌过多，另一种是脑膜的脑脊液吸收功能退化造成的。”

“那亮一属于哪种情况？”

“没有检查之前不好判断，不过婴儿一般最容易患的是脑膜吸收功能退化的交通性脑水肿。”

“这么说来，手术就是要让脑膜恢复吸收功能？”

“那是不可能的。脑膜的状态是无法改变的。”

“那怎么办？”

“另外做一条能够排出积水的路径。”

“什么路径？是在脑部造一个排水口吗？”

“有很多方法。在产生脑脊液的脑室里插入一根胶管，把它引到心脏的入口排出多余的脑脊液。”

“这样做能行吗？”

“迄今为止，像摘除脉络丛、将胶管从脑室引到胸腔或尿道等，做了很多尝试，这种方法被证明是其中最有效的。现在的脑积水手术几乎都采用这种方法。”

“这种手术你们医院也能做吗？”

“当然可以。”

几乎被积雪覆盖的前风挡玻璃上突然透出一道亮光，很快分成两股从车旁划过。那辆车正驶向他们刚下来的坡道。

“植入脑部的胶管有多粗？”

“因患者的体格而异，一般直径不超过三毫米。”

“是塑料的吗？”

“一般是硅胶的。”

水江对专业以外的东西很感兴趣。

“怎样把胶管从头部引到心脏？”

“切开侧颈部露出颈静脉，从那里插入胶管可以直达心脏。”

“那么通向脑部的呢？”

“这个必须先开颅，然后将另一根胶管埋入脑室。”

“那么说来，要在颈静脉处把两根胶管连接起来了？”

“胶管的两端有接头，接上就可以了。”

“这么说脑袋的一侧始终都接着胶管？”

水江用左手拍了一下脖子。

“都在皮肤下面，外边是看不见的。”

“总之，就是要从脑部到心脏另开一条路径，对吧？”

“是这个原理。”

“太可怕了！”水江惊讶之余，倒吸了一口凉气。此时汽车已经穿过树林，驶上平坦的大路。左右两边都是公园的草地，夏天时有很多青年男女聚集在这里。眼下都被积雪覆盖，望过去白茫茫的一片。

“记得我们读书的时候，一提到脑水肿，就说要摘除脉络丛，即便如此也不一定有效。老师还说这种病几乎是不治之症。现在的医学真是进步神速！”

“分流手术在日本的应用，不过是近两三年的事。”

“这样的手术是不是要花很长时间？”

“大概三个小时。”

“那么长？”

又一辆车子迎面驶过。等周围恢复白茫茫的一片，水江又问：“这种手术不会死人吧？”

“刚开始的时候有过。不过现在手术本身导致死亡的已经没有了。”

“除了手术本身以外，还有别的危险吗？”

“病人体质太差的话很难实施手术。”

“那倒也是。”

前方积雪的树木间隙透出亮光，公园的出口到了。

“还是及早手术为好吧？”

“当然是越早越好。”

“可那孩子，能撑过手术吗？”

“不住院全面检查不好说。”

“很危险吧？”

“就目前的情况来看。”

“真发愁啊。”

汽车穿过公园出口的光亮处，驶入市区。才七点过一点儿，街上几乎不见人影，只有一栋栋围着院墙的房子静静地矗立在雪夜中。

“这样下去的话，活不长吧？”

“还有脚的问题呢。”

“是脊柱裂引起的下肢麻痹吧？”

“一般脑水肿都会并发脊柱裂。”

“手术能治好吗？”

“以前有过许多临床实践，但还没有完全成功的病例。”

“一旦腰部的柔软鼓包破裂，是不是很危险？”

“如果化脓，可能会导致脑脊髓膜炎。”

“这么说即使头部手术成功了，那孩子也一辈子无法站立行走？”

“是的。”

雪还在下，但路上已经除过雪，在道路两侧筑起一米高左右的白色墙壁。水江才关了雨刮器，又得立刻打开。

“如果头部手术成功的话，智力可以恢复吧？”

“无法完全恢复到正常水平。”

脑水肿手术本身还只是开发不久的实验性技术，无法保证一定治愈。准确地说也就是比术前改善一些，并不意味着就能恢复正常。

“可惜啊，对她而言就只有这么一个儿子。”

一丝阴影瞬间掠过手握方向盘的水江的略显神经质的脸庞。野津瞅着来回摆动的雨刮器，心想，水江所说的“她”，指的是桐野夫人吧。

“太可怜了。”

路口遇到一个红灯，水江停下车，下巴支在方向盘上说道。

“她说只是怀孕期间反应比较强烈，除此之外没有任何异常。”

“孩子是在哪里生的？”

“在大学附属医院。”

雪中的信号灯由红变绿。水江有些疲劳似的直起身踩下油门。随着街道两边的商店逐渐增多，四周越发亮了起来。

“怎么样，好久没来了，到我家去坐坐吧？”

水江猛地邀请道。野津考虑片刻，回答道：

“抱歉，今天就不去了。”

“还要加班吗？”

“那倒不是。”

“那还有什么好犹豫的，就到酒馆去喝一杯吧。”

“雪太大，今天就算了吧。”

并非因为疲劳，就是想一个人待着。到底是由于下雪，还是别的什么原因，野津自己也说不清楚。

“在前面能叫到出租车的地方把我放下。”

“不要，我送你到家。”

水江有点生气地说，到了十字路口，猛地把方向盘打向南面野津所住公寓的方向。

五

进入三月，札幌的街道洋溢着春天的气息。偶尔也有那么一天，或是雪花漫天飞舞，或是零下冰冻，但从一周或十天来看，春天的脚步确实是临近了。家家户户的庭院里虽然还有积雪覆盖，在正午温暖阳光的照射下，积雪逐渐变成略带湿气的粗大颗粒，表面光滑如镜、熠熠闪光。大楼顶端和屋檐下面垂挂的冰凌也日渐变细，白天不停地往下滴水。

同往年一样，野津一到三月份就开始忙于学会的准备。全国脑神经外科学会在每年的四月初召开。今年预定于四月六日、七日两天在福冈举行。

这次野津所在的医务局要发表的题目是“关于鞭抽式颈椎损伤治疗方法的探讨”。

近年来因交通阻塞造成汽车追尾事故导致的鞭抽式颈椎损伤呈高发态势，其中有一些病例会产生严重的后遗症。因此原则上必须认真对待，慎重治疗。

然而最近野津他们开始质疑这种过于谨慎保守的做法。当然准确地说这个意见主要是远野主任提出来的，不过野津和谷村也都表示赞同。

远野主张通过对中央医院近五年的颈椎损伤患者进行实况调查，检讨这种治疗方法的得失，重新评估治疗效果和措施是否得当。

为此，必须调阅过去五年中所有颈椎损伤患者的病例和X光片，逐一进行对比和调查。

五年时间说起来并不长，可是一个月的颈椎损伤患者有二三十名，加起来一年就是三百多人，五年就是上千人。每一个病例，都要从事故发生的具体情况、在其他医院就诊时的治疗方法、到本院采用的治疗方法等一一调查清楚，并将治疗方法和效果进行对比总结。这可不是一件容易的事情。虽说病例和X光片还算保存完好，但连远野在内总共才三名人手，工作量可谓巨大。何况在此期间，每天还要负责门诊接待，诊治住院病人，学会的准备工作几乎都得靠晚上加班来完成。

所幸到去年秋天，过去三年间的资料已经整理完毕，总算有了初步的结论。

根据这个结论，因鞭抽式颈椎损伤而导致手脚麻痹、颈部活动受限等后遗症的病例，只占总数的百分之五。而其中又有一半多是如果事故发生后立刻到专科医师那里接受对症治疗的话，是完全可以痊愈的。

事实上绝大部分患者只要对症治疗，都是能够很快康复的。至于那些要治疗好几个月，甚至半年的病例，应该说患者和医生双方都有问题。

总而言之，远野主任想要阐明的是，鞭抽式颈椎损伤的后果经过媒体过分宣传，患者受此影响心理负担加剧，往往把病情看得过分严重。个别医生乘机利用这种心理实施过度治疗，有的甚至反而加重了病情。

鞭抽式颈椎损伤其实并不像谣传得那样恐怖。确实有一部分患者留下了后遗症，但那只占总数的几个百分点。不能因为有一定的危险性就小题大做，过分渲染。之所以出现这样的情况，追根究底，一是部分医生有大笔医疗费可赚，另外部分患者也乐于领取补偿金好好休息一番。这样做的结果却是，既延迟了病人的康复，又白白耗费了大量医疗资金。因此，要想早日从鞭抽式颈椎损伤中恢复，关键在于就诊时要选择专业医院，而不是那些财迷心窍的医院。远野主任计划在学会上大力提倡这一点。

要促进医学的进步，实验性的研究确实十分重要。然而那些能够对医疗实践产生深刻影响的医疗实务也不容忽视。远野打算在这一方面多做一些探索和尝试。

每当看到一些鞭抽式颈椎损伤患者病情并不严重，却被强制住院、打针、输液和吃药，野津总感到非常气愤。输液，通常是病人连流食也咽不下去时才需要的，颈椎损伤很少会出现这种情况。通常连打针都是不必要的。即使住院，一般也只需静卧，将颈椎牵引复位就可以了。

这些本来都是常识性的，只要是专科医生都很清楚。然而在现实中，却没有得到很好的执行。明知应该遵守的规则，却被有意无意地视而不见。

发布这样的观点，或许会被视作是对部分医生的责难。但只要统计数据准确，谁也无法反驳。这可不是凭空推测的结果，而是证据确凿的事实，所以也没什么好忌讳的。

曾经发现从其他医院转过来的病例，不但未曾得到有效治疗，反而导致病情更加恶化。用远野的话来说，这种财迷心窍的家伙，哪是什么医生，简直就是无良商人。对此，野津也持相同的看法。

桐野夫人第一次来电话，是在数据的收集和统计临近尾声的三月初。

“我是前不久麻烦您出诊的桐野，百忙之中，实在是感激不尽。”

夫人的话音清晰，但总觉得有些低沉。野津心想，夫人打电话一定是要问有关预约住院的事情。

“已经预订好了病房，很快就会有空出来的。请您再耐心等几天。”

“真是不好意思。”

“孩子的情况有变化吗？”

“还好……”

讲到这里，夫人沉默了片刻，又接着说道：

“打电话约您出来，实在是很失礼。可是我真的有几个问题想当面请教您，二三十分钟就行。您有时间吗？”

“我这方面没问题。什么时候见面？”

“看您方便的时候。”

野津翻看着电话前的日历。今明两天，约好了晚饭后和大家一起统计数据。后天是星期六，工作都在下午，晚上正好有空。

“星期六的傍晚可以吗？”

“好的。星期六几点？”

“下午六点左右怎么样？”

“那我到医院找您，可以吗？”

“好的……”刚说完，野津就改变了主意。

“在医院的斜对面，有一家叫‘榆树林’的咖啡馆。我们在那里见面吧。”

“是叫‘榆树林’吗？”

“店名是用片假名写的。绿色的店门，一看就知道。”

“明白了。那么后天见。”

六

星期六，把手头的工作忙完，已经五点多了。

外面已暮色沉沉。白天融化的冰雪，到了晚上又开始上冻。野津迈着碎步小心翼翼地穿过结冰的光滑路面，朝对面的人行道走去。“榆树林”的周围是政府办公区，每到中午和傍晚时分，挤满了职员和女白领。店也不是很大，一进门的左手是一个L形吧台，再往里有五个包厢。整个店就像鳗鱼巢，又细又长。

这两年，野津几乎每天都会光顾这里，和调酒师及两名女招待都很熟悉。

桐野夫人还没到。野津坐在正对着大门的包厢翻起了报纸。通常野津都会在公寓浏览完晨报标题才出门，不过因为今天睡懒觉，没来得及。

野津喝了一杯咖啡，随手翻开晨报。

有一则报道说，距离旭川一小时车程的地方，有一个叫“士别”的小镇，今晨气温骤降到零下三十摄氏度。进入三月份居然出现这样的严寒，三十年来还是第一次。今年冬季忽冷忽热，气候的确十分反常。

札幌今晨也很冷，但到了中午，忽然又暖和起来。

野津所住的公寓是一套一居室，有一个七平方米左右的厨房兼做餐厅、一个十平方米左右的和式房间，以及一个带浴缸的卫生间。典型的出租式公寓，大门各自独立，砖混结构，没有暖气。虽然设备不是很新，但一个二十九岁的单身汉用作栖身之所，已经相当不错了。

当年野津结束实习期刚搬到这里的时候，感觉简直是太奢侈了。之前所住的，不过是一间总共九平方米的简陋小屋。因此光是那个带浴缸的卫生间，就让他觉得享受不已。野津在这间公寓已经住了五年，也算是老房客了。公寓的背面紧挨着藻岩山，满山的翠绿让人心旷神怡。到医院步行只需三十分钟，交通非常便利。

不过，今天早上起得实在太晚了。明明听到了闹钟又睡过去了，起床时已经八点多。他急急忙忙刷了个牙就冲出门去。野津冬天一般都是到了医院才洗脸的。医院的水龙头一拧开就有热水。当然早餐也不在公寓吃。一般早、午餐都在医院吃，标准的病号饭，一天只要四百五十日元。每天野津都紧赶着跑到医院用早餐。不过现在大冬天的，比起一大早到医院享受美食，野津还是宁愿多睡上一会儿。

今天早上赶到医院，已经八点五十了，来不及吃早餐。九点整，野津空着肚子跟着部长巡房，随后又开始门诊。幸好中午除了病号饭，还享用了一客炸猪排，总算填饱了肚子。午饭后野津才抽空刮了胡子。

当桐野夫人出现在“榆树林”门口时，野津刚翻完晨报，正准备看晚报。夫人发现了野津，轻轻躬身施了一礼，快步走了过来。

“让您久等了吧？”

“哪里，是我早到了。现在正好六点。”

野津看了一眼手表说道。夫人身穿藏青色和服外套，围了一条淡紫色的披肩。将披肩折叠放好，夫人又颔首称谢：

“之前冒昧相约，您能应邀前来，实在是感激不尽。”

也许是外套颜色较深的缘故，夫人的脸色更显苍白，看上去也比上一次消瘦了许多。

“您经常到这里来吗？”

“平均来算，差不多每天都要来一回。”

“这家店真不错，让人感觉很放松。”

夫人扫视了一下周围的环境。店里的调酒师饶有兴趣地朝这边望着。

“病房大概还有一周就可以空出来了。本来还可以更早些，可是原来的患者推迟了原定的出院日期。”

“那位患者得了什么病？”

“交通事故导致颅骨骨折。”

“治好了吗？”

夫人皱起眉头，眉间的伤痕也随之轻颤了一下。

“还有些轻微的痉挛，不过已经可以自如地走动了。”

“那，做了手术没有？”

“我们把陷入脑部的骨片复位了。”

“这也能做到？”

“只是单纯复位的话很简单。”

“不过，还是挺难的吧？”

“说难也难，不过经常做就习惯了。”

夫人看着野津，有点羞怯地点点头。

女招待送上咖啡。夫人往杯中加了糖和牛奶，用勺子轻轻搅拌着。野津等夫人停下手中的动作，才问道：

“您说有事要问我？”

“其实是关于上一次见面的谈话，有些事我一直不太明白。”

“难道我说了什么奇怪的话吗？”

“不，不是这个意思。”

夫人放下手中的勺子，并没有端起咖啡来喝，只是看着野津。

“您请说吧。”

“之前向您打听过孩子的病情，到底是什么原因引起的？”

“一两句话很难说清楚……”

“不会是我们夫妻的责任吧？”

“您说的责任是指……”

“我也讲不好，总觉得会不会是由于我们夫妻的什么原因，孩子才得了这种病……”

“不会，没有那回事。即使父母身体健康，没有任何缺陷，也可能会生下患脑积水和脊柱裂的孩子。这两种疾病都并不罕见。”

“我总怀疑会不会是先天性的……”

“因为在婴儿时期发病，看起来似乎是先天性的，其实未必。流行性感冒、麻疹、扁桃腺炎、脑膜炎，或者引发脑膜粘连的其他危险疾病，都可能是脑积水的原因。另外，像结核、分娩时脑膜下出血导致的后遗症也可能会诱发脑积水。到底是什么原因引起的，很难下定论。”

“和分娩也会有关系吗？”

“偶尔会有这样的病例。不过夫人分娩的时候没异常吧？”

“孕期反应比较强烈……稍许有些难产。”

“如果只有这些症状，那不必担心。只要不是极端难产，胎位不正或是轻微的阵痛都不会导致脑积水。”

“和遗传没关系吗？”

“不能说绝对没有。例如酒精中毒、精神疾病、近亲结婚等就有可能诱发。不过你们应该不会有这些情况吧？”

“当然没有！”

夫人使劲摇头说道。

“遗传导致的病例非常罕见，而且能够很容易发现。总之，脑积水的病因十分复杂，有时甚至是两种以上的病因共同导致的，很难确切诊断出来。即便知道了原因，也并不意味着就可以治愈。所以这个问题没有必要考虑太多。”

夫人专注地盯着野津，生怕听漏了一个字。

“您是否怀疑与遗传有关系？”

“多少有点……”

“一般大家都会有这样的担心。不过，像酒精中毒又或者是精神疾病，不用调查，只要看一看孩子的父母就明白了。”

夫人可能稍许安心了一些，端起杯子呷了一口咖啡。但也只是稍微沾了沾唇，又很快放回到碟子上。

“您要问的就是这件事吗？”

“是的。”

又有客人走进店里，坐在野津他们旁边的座位上，是一对年轻的情侣。野津喝了一口冰水，又继续问。

“最近和水江见面了吗？”

“昨天他来我家出诊了。”

“通常一周去几次？”

“两次。”

夫人说完，扭过脸去望着墙壁。野津突然发现自己似乎问了不该问的事情，一声不响地抽起烟来。

“先生您和水江医生时常见面吗？”

“大学时候常在一起，最近不常见面。”

夫人点了点头，又一阵沉默。野津虽然想说点什么调节一下气氛，却发现除了孩子的病和水江之外，两人之间并没有什么可聊的话题。

“您这么忙还跑来打搅您，实在是很对不起。”

“没关系的，我今天的工作已经做完了。”

“今天真是打扰您了。那么，我告辞了。”

夫人一边说着，拿起披肩站起身来。野津也只好跟着站起身来说道：

“不知道我的解答能否让您满意？”

“听了您的话，我放心多了。”

“下周等病房空出来，我会和您联系的。这期间如果孩子的病情有什么变化，请通知我。”

“谢谢您！”夫人起身的同时，顺手拿走了账单。

“啊，还是我来付吧。”

“是我约您出来的，应该由我来付。”夫人说着就往收银台走去。

走出店外，夜色中街上下起了雪，大片的雪花纷纷扬扬地飘落下来。

“下雪了，天气居然还这么暖和。”夫人围上披肩，看着野津说道。在花瓣一样飘落的雪花映衬下，夫人的脸色看上去显得格外苍白。野津望着这张面孔，心想，她刚才是不是还想说点别的什么。

七

分手之后，野津想着一个人该到哪儿去。谷村已经回去了，周六的晚上想要找个朋友聊聊可不容易。

反正，他可不打算就这样一个人回到冷清清的公寓去，还饿着肚子。从大楼间穿过，野津朝着站前大街走去。

白天职员们喧嚣不已的办公区，在周六的晚上显得格外冷清。空荡荡的办公大楼孤零零地矗立在纷飞的白雪中。走到跟前才看清马路右边的电视台和紧挨着的宾馆大门。也只有那里出租车依然在忙碌地进进出出。

来到灯火通明的站前大街上，野津突然想起还是给水江打个电话。虽然是周六晚上，不过水江是自己开诊所，说不定会在。来到拐角处电器店门口的公用电话亭，野津给水江家里拨了个电话。

短促的电话接通信号之后，接电话的是一个年轻女子。

“医生在吗？”

“您是找少先生吗？”

水江在自己的医院被称作“少先生”。

“我是野津，是少先生吗？”野津突然觉得很搞笑。

“别逗了！今天我可给你打过电话。”

“什么时候？”

“大概半小时以前，说是你已经回去了。”

“有什么事吗？”

“没什么要紧的事。你现在在哪里？”

“站前大街的格兰大酒店前面。你现在能出来吗？我还没吃饭呢。”

“那我马上过来？”

“那好，我在薄野的‘萨比它’等你。我们一起去过的那家店。”

“明白了。我马上出发。”

野津沿着站前大街慢慢地朝南走。过了南一条临近薄野，街上霓虹闪烁，在纷飞的雪花映衬下显得格外耀眼。

“萨比它”是一家只有一个L形吧台、能容纳七八个客人喝酒的小店。挤一下的话能坐下十个人。除了卖啤酒、清酒，还供应一些简单的烧烤。五年前跟学长来过一次之后，野津经常光顾这里。小店由曾在札幌剧团工作过的老板娘和一个年轻姑娘一起经营，来的基本上都是熟客。

野津进去的时候，吧台右边还有三把椅子空着。

“星期六的晚上却单身一人，不会是被女朋友甩了吧？”

“是啊。”

野津顺着老板娘的话点点头，要了酒。刚就着火锅豆腐喝完第一壶酒，水江到了。外面的雪好像还在下，水江的头上和大衣肩上沾满了雪。

“打电话找我有什么事？”

野津等水江拂落肩上的积雪落座之后问道。

“没什么，就是问一下桐野夫人的事情。”

“桐野夫人吗？今天我们见过面了。”

“是吗？”

“来这之前，在医院前面的咖啡店聊了二三十分钟，刚刚才分手。”

水江拿着酒杯惊讶地望着野津。

“找你什么事？”

“询问那个孩子的病是不是遗传导致的。”

“果然是打听这个。她很早以前就很在意这事。好像最近还为此和桐野先生闹得不愉快。”

“不愉快？”

“导火索不过是一些无关紧要的小事。话题转到为什么生出这样的孩子时，桐野迁怒说‘这都是你的错’，把妻子责备了一通。”

“这不是存心找碴吗？”

“好像是桐野喝醉了不小心说漏了嘴，这话却刺伤了妻子。桐野这人平时挺和气的，只是一喝醉就会胡说八道。”

水江解开大衣的纽扣，取下围巾又重新坐好。

“家里有了这样的孩子，气氛肯定会很沉闷。夫妻双方除了相互忍耐，相互支持，没有别的办法。谁也不应该责备对方。桐野这话好像是借着酒劲说的。”

“没有任何根据可以说明这是夫人的责任吧？”

“当然没有了。不过外行人看到那个孩子，一般都会想：这是先天性的吧？是不是父母有什么问题？”

“说的也是。”

“你对她说了这和遗传无关吗？”

“当然说了。”

“那太好了。我打电话给你，就是想托你给桐野夫妇解释一下。这样子下去的话，那个人也太可怜了。”

野津没有说话。水江一口喝干了杯中酒，继续说道：“这孩子带来的责任问题，我认为夫妻双方应该共同分担。说起其中的痛苦，夫人比丈夫要苦上十倍。桐野看着那孩子感到痛苦，还可以出去一下。到了事务所，哪怕是暂时的，还可以把这事搁在一边。但夫人就没法那么做了。从早到晚，一直陪在孩子身边，一刻也不得放松。你不觉得夫人最近都疲惫不堪了吗？”

“没注意到……”

是否疲惫不堪，野津倒没有留心，不过从夫人的神情可以感觉到似乎正忍受着某种压抑。

“桐野有个哥哥是北海道大学的教授，他妈妈也和他们住在一起。周围人多嘴杂，夫人身陷其间，可想而知一定很孤立无援。”

“不过，桐野应该是喜欢夫人才结婚的吧？”

“那是。不过年龄相差太多，很多事情的想法都不一样。”

“这我就不清楚了。”

“你不清楚没什么关系，可桐野为了孩子的事责备妻子就太卑怯了。”

“这些纠纷，都是夫人对你讲的吗？”

“不，夫人是个明白事理的人，她可不会说这些话。”

“那你是怎么知道的……”

“上一次到他家出诊，夫人明显十分消沉。桐野不在家，我问了那个叫麻里子的女佣，是她跟我说了两夫妻吵架的事。”

野津突然冒出个念头，水江不会是爱上桐野夫人了吧。之前的那个晚上，特意开车到医院来接自己去桐野家出诊。现在看来，水江对夫人的关心，已经超出了一般医生与患者母亲之间的关系，而是更进了一层。

“你觉得夫人她怎么样？”野津又要了一壶酒，然后问道。

“什么怎么样？”

“你不是爱上她了吧？”

“不知道。我自己也不太清楚。”

水江使劲摇了摇头，神色突然变得严肃起来。

“我不知道是不是爱上她了，可我的确很想帮她。”

野津点了点头，拿起新要的酒壶给水江斟满。

当晚两人在“萨比它”喝完，又去了另一家，一直喝到十点才分手。野津似乎意犹未尽，只是想到第二天一早还要当值，才返回公寓。

野津回到家里，才翻了几页晚报，电话铃就响了。是同一科室的护士保坂祥子打来的。

“才回到家吗？”

“刚进门不久。”

“刚才我已经打了好几次电话了。”

祥子似乎在一个很喧闹的地方，听筒里传来说话的声音和音乐的旋律。

“现在我们正在外面给和泉开欢送会呢。”

和泉也是脑外科的护士。因为要结婚，三月底就要辞职了。

“护士长她们也在一起，你能过来吗？”

这时已经十点半了。

“太晚了吧……”

“你不来吗？”

“明天一早还要准备学会的事呢。”

短暂的沉默后，祥子又说道：

“你知道吗，今天我在‘榆树林’门口看到你了。”

“是吗？”

“傍晚的时候，我刚好从那里路过。”

听上去是在说野津和桐野夫人在一起的事。

“怎么啦？”

“对不起，我有点醉了。”

保坂祥子今年二十四岁。因为和野津负责同一个病房，有时两人会一起出去吃饭或喝上一杯。虽然个子娇小，工作起来却干脆利落，野津对此很是欣赏。护士中有人就据此认为两人是恋爱关系。

“你真的不来吗？”

“去不了啊……”

野津嘴上回答着，一边回忆从“榆树林”出来时的情景，不记得有碰到祥子。

“那就算了吧。”

听筒里传来低低的叹息声。

“看看窗户外面，下雪了。”

“是吗……”

“晚安。”

电话突然挂断了。望着没了声息的听筒，野津忽然觉得，最近一段时间自己可能对祥子过于冷落了。

第二章

一

三月第二周的星期五，桐野亮一住进了野津工作的中央医院。病房安排在三楼南栋的三〇五房间。由于窗户对着内院，几乎听不到汽车往来的嘈杂声。在札幌的市中心竟有如此幽静的地方，真令人感到不可思议。

当天，野津正在医院吃午饭，谷村来到身边小声地告诉他：

“外面有个美人说要和你见面。”

“找我？”

“就在门外走廊等着。”

野津停下吃饭，来到走廊一看，果然，站在那里的正是桐野夫人。

“您正忙着工作吧。”

“现在是午休时间，没关系。”

“谢谢您帮了大忙，今天我们住进医院了。给您添了这么多麻烦，真不好意思。”

夫人今天穿着红白条纹的棉外套，配有深蓝色郡上捻线绸，和以前不同，看上去让人眼前一亮。

“本来应该更早一些腾出房间，已经耽搁您时间了。您觉得病房怎么样？”

“既安静又整洁，我们非常满意。”

“我就是孩子的主治医生。下午我就去病房看他。”

“一切拜托您了。”

夫人颔首称谢，同时从腋下夹着的紫色包袱中取出一个细长的小盒。

“不成敬意，请您收下……”

“请不要这样。”

野津用手挡了回去，夫人又坚持把这个白色小盒推了回来。

“向您询问了那么多问题，请让我表示一点谢意，只是不知合不合您的意……”

野津本还想再次挡回去，可是这时，从隔壁房间里走出来另外一名医生，便顺手接了过来。

“这医院真是不错，让我很吃惊。”夫人急忙转换了话题。

“已经安顿好了吗？”

“嗯，有弟弟帮我，省事多了。”

“您先生呢？”

“丈夫今天正好去东京了。后天回来，到时候再来拜访您。”

“一定很忙吧，不必特意跑一趟。”

“我丈夫说一定要拜访医生您。”

“是吗？”

“那么，我告辞了……”

走廊另一头又有人走来。夫人似乎已经觉察，鞠躬行礼后匆匆地离开了。

野津回到办公室，接着吃完午餐，之后回到第二研究室，那儿有他的办公桌。看看下午的日程安排，并没有手术，只有一位患者预约了脑动脉 X 光拍片。此时，距离拍片还有半小时，野津坐到椅子上打开了夫人送的白色小盒。

盒子比普通的录音磁带要厚，打开一看，里面装着领带夹和衬衣装饰扣，都是珊瑚质地，红底色上渲染着白色晕纹。

平时，野津很少用领带夹。虽说也有几个，可做手术前后要解领带、系领带，实在很麻烦；喝醉了酒又常常弄丢。而且，一本正经地戴着那玩意儿也不符合野津的性格。

然而，野津平生还是第一次见到如此艳丽的领带夹。是叫作孩儿面珊瑚吗？那红底上浮现的白晕，偶然间甚至让人觉得有几分妖艳。野津仔细玩味了一番方才盖上盒子，收进了抽屉。

下午脑动脉拍片约莫一个小时就结束了。患者是一位三十六岁的中年人，因怀疑脑部长了肿瘤而于三天前住进了医院。

放射室里，野津让病人躺到透视台上，要先从静脉注射麻醉剂才好进行其后的操作。但是尽管实施了麻醉，当从颈动脉一次性注入二十毫升造影剂时，病人还是“嗷”地发出了一声类似怪鸟的鸣叫，同时，上身也猛地弹了起来。

所有接受这种检查的患者，头部会在瞬间有被烙铁灼伤似的感觉，发出痛苦的惨叫。但是为了拍出清晰的图像，就目前的医学手段来讲，只能采取这种办法。

野津对准注入造影剂的部位，从正、侧、斜三个方向各拍两张，总共拍了六张合适的图。待确认患者情况稳定后，野津便命令护士把患者推回病房。

此时，麻药已经发挥了作用。刚才还大声叫嚷的患者安静下来，昏睡了过去。

野津在放射室完成拍片并确认片子清晰地显影后，回到三楼的护士值班室。已经是下午三点。值班室的窗外，天空灰蒙蒙的，似乎要下雪。

“三〇五房间住进来一名叫桐野亮一的患者。”

刚进值班室，保坂祥子就走了过来，把一本崭新的病历伸到了野津面前：

“这位患者没有门诊病历，您知道吗？”

“我上门给他看过，没关系。”

“就是上次那位吧。”

祥子偷看了一眼野津的表情。野津明知道她指的就是她在“榆树林”咖啡店前看到他们的那次，却假装若无其事地站了起来：“走，去看看吧。”

出了值班室，向左拐第五个房间就是三〇五病房。这里是头等房。一进门，靠右摆放着沙发和小茶几，最里头的窗户边横放着一张床。虽说今天早晨刚住进来，可室内的一切都已安排得井井有条。床头柜、窗户边的架子上已经摆上了菊花和水果篮。

床的顶头，孩子只露出一张小脸，就仿佛大海里的一叶扁舟，是那样地无依又无靠。

“我们来做诊查。”

祥子的手刚碰到床上的被子，亮一就立刻哼哼了起来。

“小亮，你不舒服吗？让医生看看好不好？”

夫人哄了一会儿，开始解孩子睡衣的纽扣。宝宝服是粉红色法兰绒面料，上面有熊猫图案。

孩子的头围四十七点五厘米，比上一次量的时候大了约一厘米；

胳膊和腿仍旧很细，皮肤还是呈褐色，只是手抓的力量比原来强；双腿照旧向前耷拉着不能动弹。

野津进行完常规检查后，让孩子趴着开始处理背部的鼓包。

轻轻按的话鼓包很松软，没有破口。野津给那里消毒后，用涂了一层薄薄软膏的纱布贴上，盖住了背上的这块地方。

“情况怎么样？”

野津没有回答夫人的话。尽管症状没有明显的变化，只是头围增大了，但这就暗示着脑脊液的增多，同时也就意味着病情在慢慢地恶化。

“还是要做手术吧？”

检查完毕，夫人给孩子穿上衣服，再一次问道。

“我和主任研究了再说。”

“麻烦您了。”

夜幕降临了。此刻，在病房里的夫人，比起午间走廊上的她，显得更加忧虑、无助。

二

野津回到值班室，正往病历上写检查结果，水江打来了电话。

“桐野今天住院了吧？”

“我刚给他做完检查回来。”

“结果怎么样？”

“还要进一步做详细检查。”

沉默片刻后，水江问：

“夫人还好吗？”

“夫人嘛……一个人在病房。”

“我现在可以过去看看吗？”

“探望时间已经结束了。不过，你要来，我就和护士打个招呼。”

“我去，几号病房？”

“三〇五。在值班室一打听就知道。”

“去完病房顺路会到研究室找你。你还在的吧？”

“我等你。”

野津放下电话，接着填写病历。

看以前的病历记录，野津才知道，在亮一出生的一年前夫人曾经流产，是因为怀孕四个月时反应太大造成的。所以实际上，亮一是夫人的第二个孩子。

夫人嫁给桐野快五年了。五年里总共才怀孕两次，这是不太正常的。不过，话说回来，既然能怀上，就说明夫妇身体本身并没有缺陷。不易怀孕，有可能是因为夫人骨盆狭窄。

五点钟，野津填写完病历上的病史和诊查记录，告诉护士要让桐野亮一去做透视和尿检，自己则去地下食堂吃晚饭，三十分钟后又回到了研究室。

明天早晨九点，主任远野要来住院部巡诊。他还没有检查过亮一的病情，明天是首次见他。诊断亮一患了脑积水和脊柱裂并发症，并安排他住院，这些野津都没有通过主任，是自己做的主，因此总感觉有些欠妥，应该让主任看上一眼的。

现在，野津觉得诊断应该没有问题，他关心的是今后的治疗方案，主任会给出什么样的意见。

回到研究室，野津点了一支香烟，然后拉开抽屉，仔细看起了领带夹。在书架前台灯灯光的映衬下，珊瑚的颜色更显得鲜艳明丽。

大约半个小时后，水江出现在野津的面前。

“还在吧？”

水江来过很多次，所以没有敲门就直接闯了进来。这个研究室平时只放着谷村和野津两人的桌子，另外还有些实验台、书架、柜子什么的，杂乱无章。

水江环顾了一下室内，然后坐到野津身边的空椅子上。

“我刚去过了，病房很不错。”

“要啤酒吗？”

野津站起来走到实验台前，拉开冰箱门取出两瓶啤酒。

“要住多久？”

“得看手术的情况。两个月比较保险。”

“住院这两个月，就全得靠夫人陪着了。”

“那是。没办法，孩子嘛。”

野津打开瓶盖，把啤酒倒进两个杯子，倒了半杯自己一口干了。

“之前曾经跟你说过，除了他们夫妇俩，桐野家只有我们见过的那个叫麻里子的女佣。孩子住院时间长了，桐野就有可能搬到饭店去住。”

“家里有女佣还不行吗？”

“桐野是一个很难伺候的人。”

野津马上在脑子里勾画了一下未曾谋面的桐野的形象。然而，对建筑师这类人，野津丝毫没有感觉。

“住院之前，夫人和桐野好像又吵了一架。”

“为什么？”

“我也是从麻里子那里听说的。夫人好像说了‘倘若做了手术还不好，真不如死了好’之类的话，桐野听后十分生气。其实，夫人并非就真的希望孩子死去。不过每天看着这情形，肯定是一时感到绝望而说走了嘴。可桐野，不这样理解。”

“关于手术，我还没说什么呢。”

“可她问过我，所以就说了些。当然，我并没有说手术不行，只是说非常困难。”

野津心想，水江说多了。

“什么样的孩子，对于父母来说，都是自己的亲骨肉。没有哪个父母希望自己的孩子早死。”

水江正说着，桌上的电话响了。野津拿起听筒，是保坂祥子。

“下午拍片的那个病人一直嚷嚷头疼，怎么办？”

祥子的口气很冷淡。自从在咖啡店门前看到野津和桐野夫人在一起，祥子就一直用这种语气和他说话。

“给他注射诺布隆。”

剧烈的头痛是动脉拍片后常有的症状。今天这位患者也是在麻药失效后产生的头疼。

“挺忙的嘛。”

“是今天拍动脉片子的一个患者。”

“亮一那孩子也要拍这种片吗？”

“应该不需要。”

“那就好。手术大概在什么时候？”

“主任不做诊断的话不好确定，可能在学会召开以前。”

“学会是什么时候？”

“四月初，这次在福冈举办。”

“你也要去吗？”

“主任去，我想会让我留下来。”

“你要不在这儿我就不知所措了。”

“我本就打算看家的。”

“这还差不多。”

水江朝右手边的窗外望去。夜色中，只见细小的雪花不紧不慢地打在窗玻璃上。透过已然变得模糊的玻璃，可以看见对面住院部病房里的灯光。

“一个人在病房，多寂寞啊。”猛地又像是想起了什么，水江继续说，“很快就会适应的。”

“或许是吧。”

水江像是在对自己说话般地点了点头，一口饮尽杯中剩下的啤酒站了起来。

“明天我还来。一会儿我还有两个病人要去出诊。”

“是吗？”

“总之拜托了！”水江就好像是在拜托自己的事一样，深深地向野津鞠了一躬，然后披上大衣走了出去。

三

桐野亮一住进医院五天之后，天，下起了大雪。

札幌这个城市，相对于隆冬一月，寒气逐渐减弱的二月中旬反倒时常下雪。整个一月份，北海道一带被西高东低的大陆性高气压牢牢地控制着，冷是冷，可气象条件平稳，所以很少下雪。进入二月，大陆性高气压逐渐失去威力，取而代之的是渡海而来的热带低气压。西高东低的气压分布平衡被打破了。水分饱和的低气压在高空遇到冷空气便形成了雪。这种雪，下得既猛且大，感觉就像是呼啦啦地在往下掉，所以北海道的人们都管它叫“呼啦啦雪”。

奇怪的是，进入三月之后下如此大的雪就不多见了。二月份，好歹还说得过去。三月，路面已经开始解冻，阳光也让人感觉温暖了许多。尽管茫茫的雪原依旧呈现在眼前，但人们已经听到了春的脚步。可就在这样的时候，令人瞠目的大雪袭来，击碎了那些期盼春天已久的心。然而，雪，完全不顾人们的心情依旧肆无忌惮地下着。

那一天，雪，依旧飘舞着。可毕竟三月了，空气中的水分多，一把雪抓入手里，不再像一月的时候沙沙地从指间漏掉。那雪花，就如同只只蝴蝶，轻盈飞舞于广阔的天空，越落越近。它们相互追逐拥挤着，遮蔽了天空，覆盖了城市，埋住了田野。

野津朝窗外望去，雪，哪是从天而降，简直就是从地上翻卷了起来。大片的雪花重重叠叠，纷纷扰扰。此刻，不论是对面的住院部，抑或附近的其他高楼，就如同灰底色上点缀了无数白色的斑点，像是一幅印象派画作。

就在下大雪这一天的傍晚时分，因桐野亮一的事，野津被远野主任叫了去。

野津正在办公室汇总整理学会需要的数据，听到主任叫他，立刻把手头的工作托付给谷村，去往远野的办公室。

“雪，下得可真大。”

一进房间，远野正坐在窗前椅子上，吸着烟斗望着窗外。

“照这样下下去，今晚，我们的同学会可要泡汤了。”说着，远野站起来坐到门旁边专门接待来客的椅子上。

“主任，您有同学会吗？”

“有位叫堀米的同学要去德国，我们几个谈得来的想给他开个送别会，看这天气从远道赶来的同学就够呛了。”

“据说列车都晚点了。”

“晚倒不要紧，只要它还在开。没准儿国道也堵了呢。”

野津再次看了看窗外，只见天空中，除了厚重的云层就是漫天的大雪。虽说才下午三点，可俨然已经是傍晚的光景。

“这个世界，真是一片黑暗。”

远野像吟诵诗歌似的一边说着，一边打开了屋里的灯。

“三〇五那个叫桐野亮一的小男孩，是你诊断后让住的院吧。”

“受朋友之托，我去家里看过一次。入院前，本想请主任您确诊一下，可病人家属请求尽早入院……”

“我没有指这个。你看，我看，其实结论都一样，关键，是在治疗。他父母同意做手术吗？”

“还没说，这还要等医院详细检查后才考虑，也没有明确提出要手术。”

“但父母是有这个打算要做的吧？”

“大概……”

野津有些语塞，可心里十分清楚，桐野夫人对手术是寄予了某些希望的。

“你对那孩子的手术，怎么看？”

“如果要做，恐怕还得植入一条自脑室通往心房的辅助管，可我担心那孩子的体力是否……”

“对，正是这个问题。就目前来看，这种方法很危险。老实说，我对孩子术后的恢复没有信心。”

其实，在这一点上，野津同样感到不安。虽然说近来这种手术方法已基本成熟，患者的经济负担也相对减轻，婴幼儿只要满半岁也可以实施，但是，桐野亮一不同。他同时患有脊柱裂畸形，体力也过于孱弱。相比单患脑积水的病人，考虑手术必须得多加谨慎。

“你是主治医生，所以才要问问你，关于这个手术以及风险，家属究竟是怎么考虑的？”

“最终还是由我们决定。他们说只要有一线转机，他们都愿意……”

“是呀，患者的家属都会这么说。”

远野手握烟斗，眼望着窗外。

“可，如果放任不管的话，孩子的智力发展不是会受到阻滞吗？”

“当然。不仅大脑，也会出现身体活动障碍。尤其是那个孩子，还患有脊柱裂，腿也无法动弹，情况更糟。不过，话又说回来，有必要不顾孩子的生命危险去做这个手术吗？”

野津也不知道，心想，这个问题应该是我向您请教呢。

“现在，孩子智力上的问题大吗？”

“还没有到痴傻那个程度，可好像认不出自己的母亲。”

“有过痉挛吗？”

“似乎是没有的。不过，昨天一直干呕。给他玩具，他只是追逐声音，眼睛不能聚焦，似乎有轻度的视力障碍。”

“恐怕是颅压过高造成的。”

呕吐感、视力障碍等都是由于脑脊液积存过多、造成颅压升高而引起的症状。孩子小不会表达，就目前状况看来，除上述症状外，孩子肯定还会头疼。他一直低声哼哼，情绪不好，大概就是因为这个缘故。

如果颅压继续升高，四肢将会变得僵硬，肌腱反射出现亢进症状。接着，手脚发颤、痉挛，之后便是高烧，整个人陷入昏昏欲睡的状态。没有食欲，即使吃了也会吐，营养状况不断恶化。最终导致肺炎、褥疮等，严重者，甚至因此而死亡。

“气脑造影，还没做吧？”

“我打算近期就给他做。目前我还在观察，最好等他适应了医院的生活，增强了体力以后做。”

“现在体重是多少？”

“身高六十五厘米，体重六千九百克。”

七个月大的婴儿，平均体重是七千八百克。和这一比较少了近一千克。

“做了气脑造影，脑的基本情况就能够掌握了。”

“我想，这一周尽全力改善孩子的营养状况，下周初就拍片。”

所谓气脑造影，就是给头部注入空气以便检查大脑情况的一种方法。普通的X光片，只有骨头等较坚硬的地方容易看清，而其他相对柔软的部位则因为阴影浅看不清楚。气脑造影正是利用了这种黑白对比的原理，因为在胶片上，骨头部位呈现出白色，而注入空气的部位呈现出黑色。拍片时，先将空气注入大脑表层的蛛网膜下腔和深层的脑室，分别进行拍摄。最后，通过比较所拍的片子，便可以得知夹在中间的脑组织厚度以及脑室的详细情况。

由于蛛网膜下腔与脑室都有脊液流过，是互相连通的，因此，给其中一侧注入空气，自然而然也会扩散到另一侧。

要注入空气，首先必须剃掉头发、消毒，在前额部切开一个三厘米左右的小口；然后，在其中央部位的头骨上打孔，将半个铅笔粗细的穿刺针插入几近大脑中部的脑室；一旦穿刺针刺破脑室壁，脊髓便会顺着针管冒出来，这样，便可确认针尖已经抵达脑室；到此时，就可以将针的另一端和注射筒连接上，把空气推入脑室。

这种手术实施起来完全是在视野盲区，看不见针头动向，而且又是深入大脑内部，总让人觉得可怕。但实际上，只要加以注意，也并非如想象得那样难。野津已经做过多个病例，知道要领在什么地方。

不过，终究是给大脑扎针、注入空气，所以也有危险性。比如可能致使颅压短暂性升高，或因刺激到靠近脑室的神经中枢而引起高烧。

空气的注入量与患者的脑容量有关，但从片子的黑白对比度上考虑，至少得要七八十毫升。

如果现在对桐野亮一采取这种检查方法，即使没有死亡的危险，也会因为发烧、颅压增加等症状的出现致使身体急剧衰弱。野津之所以要观察症状，等亮一适应了医院的生活，身体结实了以后再做检查，就是因为害怕这种副作用。

“现在主要是通过点滴和鼻腔补充营养吗？”

“孩子的吮吸力很差，我们只有通过鼻孔里的软管给他喂牛奶。不过，有时候会出现呕吐的症状。”

“孩子的母亲没有奶水吗？”

“刚开始好像还行，可不久受到打击，就没有奶水了。”

“什么打击？”

“据说，当她知道孩子的腿不能动弹后，精神上受到了刺激。”

“是吗？”

“怀孕期间，妊娠反应较大，差一点流产，打了针才好不容易保住。”

桐野夫人，属中等个儿，很瘦弱。看她的身体，就算精神上没有遭到打击，恐怕奶水也不会太足。

“手术这个事，我们还是先看气脑造影的结果吧。”

的确，身体强壮是一个关键，因为它关系到病人能否过得了手术这一关。不过，在这之前进行的气脑造影，能够掌握脑部状况，并判断能不能通过手术达到治疗的效果，因此也是必不可少的。

“孩子的大脑好像萎缩得很厉害。”

通过气脑造影，可以通过表层蛛网膜与脑室的形状测量出夹在其间的脑组织厚度。脑积水患者，由于颅压一向偏大，大脑受到压迫，因此会出现萎缩。

通常认为，婴幼儿脑的厚度如果在一点五厘米以上，做完手术后，可以使大脑的功能恢复，反之，一点五厘米以下，手术就没有任何意义。

所以，从这个角度讲，气脑造影是判定手术是否实施的标准依据。

“下周我看一下情况，尽量早一点拍片。”

“能拍的话最好了。再晚的话，临近学会就难办了。”

“主任什么时候动身？”

“正式开会是四月六日，可是五日有个评议会，所以我打算四日出发。”

“那么，最好在您离开的十天前完成。”

“这样最好。”

今天是三月十三日。如果下周早些时候能完成气脑造影，那么再下周就能做手术。这是最好的日程安排。

通常，学会前，医生既要准备讲演稿，又要整理幻灯材料，因此很难有精力顾及临床。尤其到了学会期间，不仅主任，主任还要带走一名医生，脑外科常常只剩下一名医生当值。既要接待门诊患者，又要兼顾住院的病人，忙得团团转。所以，除非是交通事故那样的紧急伤员，原则上不安排大的手术。

“这次学会，我一个人去算了。包括那个孩子在内，这次住院部的重病患者太多。”

除了亮一，还有诸如脑肿瘤以及因交通事故引起的外伤患者等五六人，病情都不稳定。

“你和谷村都留下来，好吗？”

“我没问题。”

其实，自打看见亮一的那一刻起，野津就在心中打定了留下来的主意。

“作为补偿，你和谷村去参加今年秋天的临床外科学会。你跟他说一声。”

“好的。”野津行了个礼，退出了房间。

四

来到走廊，从尽头的餐车旁传来了护理人员“开饭了”的叫声。

夕阳西下，已是五点晚餐的时间。

野津回到办公室，谷村正坐在沙发上看晚报。

“外面还在下雪呢。”

“看样子，今天电车也要停开。怎么样，今晚住这儿好好地杀一盘？”

谷村伸出两根手指做出下围棋的姿势。

“行啊。不过，我刚问了主任，这个月重病号多，我们俩都留下来值班，不参加学会了。”

“是吗？太遗憾了！按计划，本来你是可以去的。”

“我可是一开始就打算留在这儿的。”

“留下来，有什么好事吗？”

“能有什么好事呀。”

“眼下，九州可是梅子出来的好时节哟。”

谷村望着渐渐被雪花封得严实的窗户，心想雪这么下，春天可就离自己远了。不过，因为这个生气又能怎样呢？下就下吧，越下就越得想开点！倘若下一场雪就生一次气，那在这个冰天雪地的地方真的就活不下去了。

“主任说，他今晚有个同学会。”

“在这大雪天里？”

谷村感到不可思议。这时，电话铃响了。站在窗边的野津拿起听筒，是保坂祥子打来的。

“桐野的丈夫来了，他说要见您。”

“桐野的丈夫？”

不知为什么，野津心里产生了戒备。

“他在哪里？”

“在病房等您。”

“我马上过去。”

五点过后，走廊里是准备下班回家的护士和技师们。他们谈论着今天电车是否照常运行、路上是不是正在除雪等话题，与野津擦肩而过。这样的雪天，对于住得远的人来说，的确是个大麻烦。

三〇五房间的门开着一道缝。野津轻轻地敲了敲门。

听到一声“来了”，出门迎接的正是夫人。

“不好意思，百忙之中又打扰您。我家先生想跟您打声招呼。”

野津听完夫人的解释走进病房。

一个身穿棕色条纹西服的男人站在病床的枕边。他个头不高，但看起来结实、精干，头发很长，整个朝后梳着，脖子上系着一条鲜艳的橘红色领带。

“我是桐野，孩子的事给您添麻烦了。”

桐野的声音富有磁性。在桐野彬彬有礼的举止中，野津感到对方正以犀利的目光注视着自己。

“本应该早一些过来跟您打声招呼，可整天被工作缠身，非常抱歉。”

病房里，野津与桐野面对面地站着，夫人在不远处，基本上与二人保持等距离。寒暄完毕后，桐野立刻看了看腕上的手表：“待会儿，野津大夫有没有……安排？”

“没有要紧的事……”

“您还没用餐吧？”

“是啊……”

“我也没有。如果方便的话，能赏光一起吃个便饭吗？”

“这个……”

野津看了看站在一旁的夫人。夫人还是盯着床，没有任何表情。

“我一直想找野津大夫好好地询问一下孩子的情况。这里环境不好，我们去附近的酒店吧，如何？”

尽管很有礼貌，可桐野的话语里明显地流露出不容分说的语气。

“您马上就能动身吗？”

“可以……”

“那您是不是需要去换下衣服什么的，我在这儿等您。”

野津返回研究室，在更衣柜里拿出西服换掉了白大褂，又穿上大衣。

“怎么，不下围棋啦？”

“我得出去赶个饭局，二十分钟后就回来。”

“不是去约会吧？”

“我可不喜欢在这样的大雪天里约会。”

野津再次来到病房时，桐野也加了件大衣准备就绪。大衣是浅灰色的，加上胸前红色的条纹围巾，派头十足，非常显眼。

“我们走了。”

“请走好。”

夫人鞠躬送二人出门，野津也微微点头回礼，而桐野，已经走出一米多远。

两人并排走时，野津才看出桐野的个儿真的不高。野津一米七六，桐野只到自己的耳朵处。不过，以桐野四十三岁这个年龄来衡量的话，或许他和同年龄段的人身高差不多。

虽说个儿不高，但抑或是年龄的缘故，桐野自有一种潇洒的风度，眼神中也有股压倒对方的劲头。见面的刹那间，会感觉他很高大，恐怕就是身处这种气场的原因吧。

“您正是很忙的时候。”在等电梯时，桐野说道。

“因为临近学会了。”

“您一般在医院待到几点？”

“没有固定的时间，说不准的，一般八九点钟吧。”

电梯来了。里面有三个护士，野津觉得她们很面熟。三人都在白护士服外面套了件大衣，下面也换上了白色的长筒靴。她们就住在医院后面的宿舍，似乎是要以这身打扮直接跑回去。

出了电梯，直走穿过大厅，就是大门了。透过玻璃门，看得见雪依然在下。换作平常，大家会出了门去打出租车，可今天雪下得实在太大，十几个等车的人全退回到门内。

平时，几乎不用等就能叫到出租车，但看今天这场大雪，难。

“就在旁边的皇冠酒店，咱们走过去吧。”

桐野竖起大衣领子，推开门，先一步跨进了纷飞的雪中。

正是公司下班的时候，街上的人还不少。可是，雪下得实在太猛，大家踩下去的脚印立刻又会被新雪覆盖。昨天才刚刚除过雪的宽阔街道，眼下，路两侧又积起了新雪，大概只剩下三分之二的路面了。

树干上、道边的广告牌上、沿途的街灯上，全是积雪。

医院距酒店快走也就两三分钟的路，两人一句话没说一路小跑前进。

纷扬的雪花中，一团模糊的灯光出现在前方，那就是酒店的门楼。两人在门前拍掉落在头上、大衣上的雪，又拿手绢擦了擦脸，推开了旋转玻璃门。

酒店的大厅冷冷清清。平日，除了住店的客人，常常还能看见许多参加宴请以及约好在此见面的人。今天，或许因为大雪，大家都调整了日程。

“点些什么呢？西餐、日餐还是中餐？”

进到大厅，桐野马上问道。

“什么都行。”

“那，就西餐吧。”

桐野马上做出了决定，随后步入大厅正面一个叫“原始林”的西餐厅。

尽管比正常晚餐的时间来得稍早了一些，可这里也同样比平时人少。两人走到最里面、墙面露出砖头纹路的包厢里，面对面地坐了下来。

“这里的牛排不错，怎么样？”

“行，就来份牛排吧。”

桐野叫来服务生点了特制里脊肉、葡萄酒和汤。

“请问野津大夫，您什么时候来的这所医院？”

“两年前。”

“那么之前，您是在大学附属医院……”

“是的，待了三年。”

“现在这所医院，大夫自然一流，设备好像也很不错。”

“新建的医院，所以进的都是新设备。”

服务生给两人斟上了葡萄酒。桐野端起酒杯举到齐眉处看着野津，眼神沉稳且无懈可击。

“请！”

“请！”

呷了一口酒后，桐野说道：

“医生这个职业不容易吧？做手术一定很累。”

“累是累，可也并不像业外人士想象的那样。”

“是吗？在我们看来，可一直觉得是一项很累的工作。”

“当然，说不紧张，那是假话，但也并不是全程都紧张兮兮的。”

“精神上能承受得了吗？”

见面之前，野津脑子里倒是给桐野勾画了个大概的形象。如今才发现，其实，与自己面对面坐着的这位桐野先生和想象的很不一样。本以为他面目清瘦、略微有些神经质，没想到他看上去是如此地结实强健、精力充沛。

“您认识 S 医科大学的河野教授吗？”

“知道这位教授。”

“他家就是我设计的。想来已经是四年前的事了。”

外科教授河野隆一郎，是S医科大学的元老级人物。野津和朋友曾路过他家门前，记得是一栋钢筋结构的二层小楼，印象里玻璃使用得很多。

“很气派。”

“气派是气派，可他家是小型住宅设计，赚不着什么钱的。那时，河野一再求我，没办法就答应了。”桐野微微笑着说道。汤已经呈上了，他拿起了汤勺。

“价码高的项目毕竟少，大多数设计师都因为受人之托不得已而为之。其实，以这样的项目为工作的人，都不是专业设计师。”

“专业设计师，日本大约有多少？”

“札幌几乎没有。在东京，小住宅设计师通常都兼做大学的副教授，即所谓的兼职设计师。”

“最近，好像有很多人自己设计房屋。”

“是。但凡只要去住宅金融公库，舍得掏三百五十日元，对方就会给你一本登载了两百种住宅设计样图的书。两百个样式，你总会满意一个吧。选中了，就再掏一百日元，还附送一套标准的设计图。最后，免费登个记！一切就都解决了。小住宅设计师再廉价，也不至于就四百五十日元啊。”

野津还是第一次听说，住宅金融公库里有房屋设计图，而且交一百日元就可以拿到。

“您，还是单身吧。”

“是的。”

“您如果结婚后要盖房子，就请和我说。倒不一定是我来给您设计，不过可以给您介绍一流的建筑师。”

“我还没打算结婚。”

野津的语气有些强硬。桐野惊讶地看着野津。

“您今年多大？”

“二十九。”

“难怪呢。作为医生，这个岁数倒是不晚。不过，也差不多了。”

野津没有答话，把叉子伸向了牛排。

“其实，我本人就三十七岁才结婚的，所以也没有发言的资格。干我们这行的，结婚究竟是好是坏，很难说。”

桐野这种说法，野津感到他丝毫没有把夫人放在心上。

“为什么？”

“想拿出漂亮的设计构想，那在精神上就不能受到约束。一旦受到约束，做出来的东西就不大气，那可就真的沦为小住宅建筑师了。”

“您是说，除了大型建筑，您都不设计吗？”

“我是专业设计师。”

桐野没有半点谦虚，傲然地说道。野津很惊讶，但与此同时，也看到了那不是单纯的骄傲，而是建立于绝对自信之上的一种荣耀。

“冰雪运动场是桐野先生设计的吧？”

“那是开奥运会时建的。有人对此评价很糟糕。”

“是吗？”

野津也想起来了，似乎曾在报纸和地方杂志上看到过相关的批判性报道，说正面的造型过于标新立异，与周边温柔宁静的环境不协调，等等。

“我确实没打算创造什么杰作。我乐于听到大家对这些拙劣作品的批评。”

“您是说您也认为是拙劣的作品吗？”

“正是此意。”

桐野是看开了这些批评吧，回答得十分坦然。

“您听我说。的确，设计获得头奖的作品是时代的杰作，但是，它将很快被新的设计样式所取代。任何事物，正因为它发生变化，所以才能流行。又正因如此，通常，人们对事物的认识很难超越时代这个框架。那么在框架之内与时代联系得越紧密的话，得到的评价往往也越高。然而，能够经得住岁月考验的真正杰作，从一定意义上说，又必须超出当世的束缚。这些作品可能会遭到同时代人的非难、谩骂，甚而有的被丢弃遗忘。但恰恰就是在反驳、非难四起的时候，历史往往才会产生杰作。难道您不这样看吗？”

倘若理解的角度不同，或许会有人认为，桐野这是在对别人对自己的批判进行辩解罢了，用不同于普通见解的相反论调，拥护自己的设计。然而，野津似乎能够理解桐野所要表达的意思。姑且不论桐野的设计是不是杰作，不过，真正的杰作与所谓获得一等奖的作品是不能完全画等号的。

五

桐野待野津颔首同意了他的看法后，继续说道：

“您认为法隆寺的五重塔是杰作吗？”

“五重塔？”

猛然被桐野问到，野津不知该如何作答。因为不是自己的专业，野津思索着究竟该怎样回答好，他想说个能让对方满意的答案。不知为什么，桐野的身上竟有一股让对方做如此想法的气势。

“到现在，还保存得如此完好，应该算是杰作吧。”

“对，您说得很对。现在，没有一个人说它拙劣。”

回答看来正确，野津松了口气。可同时，心下依旧犯嘀咕：该不会又是一个圈套吧？

“到目前为止，像这般匀称稳固的五重塔，别处的都比不了。同属飞鸟时代的作品，法起寺的三重塔就明显差几个档次。但是，就算今天我们称之为杰作的法隆寺五重塔，其实，在它落成不久后，工匠们就为屋檐下垂而烦恼过。庆长年间，不得不进行了大规模的修缮。那次修缮，就是为了弥补这一结构上的不足。这一缺陷，不仅存在于五重塔，同样也存在于金堂。仔细观察就会发现，第一层四边有雕刻着龙的柱子，就是修缮后用来支撑第二重屋檐的。我要说的是，那些延伸出来的屋檐，是不了解悬挑木构造的时代印记，超出了正常的长度，显然是不合适的。然而，却又恰恰因为这出格的屋檐，才得以充分展示飞鸟时代那种强烈的造型欲望。您说，难道不是吗？”

一旦讲起话来，桐野就滔滔不绝。看着因喝葡萄酒而染红了脸颊的桐野，野津想，桐野恐怕也属于艺术家中常见的那种富于激情的类型。

“这个问题，并非只有法隆寺的五重塔有。闻名遐迩的姬路城，也曾因不能容许的重量——如果按现在的设计标准——压到中心柱与间柱上而引起整个塔的倾斜。因此，工匠们曾把上一层的柱子搭在下一层的梁上以防倾斜。不论是东大寺的大佛殿，还是江户城，实际上，其内部结构都千疮百孔。可我们会称之为拙作吗？不，不会。在那个时代遭受猛烈抨击的作品，现今反而摇身一变成了人人夸赞的杰作。所以说，一个所谓的拙作，不能就单纯地把它看成是拙劣的作品，而应该从结构的缺陷与造型欲望这一对矛盾出发来研究。没有造型欲望的设计师只是纯粹模仿、盗窃前人的造型。仔细考察，就连赖特、柯布西耶这样的大师也曾有过许多粗制滥造的作品。然而，杰作正是从这些所谓的粗制滥造中诞生的。小说家如果觉得自己的作品不好，他可以撕毁自己的原稿，抑或不发表了事。但，建筑师就不同了。他创作出来的是建筑作品，不可能毁掉。哪怕是只做到一半就要废弃，那也只能原封不动地残留在世上。倘若一个建筑设计师害怕这一点，那么他这一生，绝不可能创造出独树一帜的作品。因此，我常劝那些年轻的设计师，不要害怕自己的作品做坏了。尽管大胆地去干，没有数不清的坏作品，就不可能有什么真正的杰作。”

说到这里，桐野笑了。野津赞同他的看法，可对他那充满自信的笑，总觉得有几分反感。

“可是，对于那些不得不住到拙劣建筑物里的人，不是糟糕透顶了吗，因为也许下一个就是杰作了呢。”野津半揶揄道。

“或许如此。比如勒·柯布西耶在莫斯科建的中央局大厦，外墙全采用的是玻璃，暖气费高出了一般建筑的好几倍。为此，他受到了人们的猛烈抨击。的确，身处其中的人总是容易觉察它的缺点，这也是没办法的事。杰作的诞生总是要有一定的牺牲。不，事实上，杰作就是建立在牺牲之上的。”

“如此说来，建筑师这个职业倒真是优越于其他行业啊。”

这一次，野津明显地流露出嘲讽的口吻。

“为什么？”

桐野的眼神里，显露出不满。

“您刚才所说的那番话，倘若我从一名医生的角度来考虑，医生却不能因为完成一个划时代的杰出手术而牺牲无数人的生命。

一次失败，就意味着夺取一个人的生命，所以，失败是绝对不能容许的。如果失败了，它也不能因为是一项新的实验而获得人们的谅解。”

“的确如此。”

桐野点头表示同意。他盯着杯子思考了一会儿，又继续说道：

“正如您所说，医学或许如此。但我还是坚持认为，无论是医学还是建筑，究其根本，是没有什么区别的。之所以这样说，是因为不论哪一个建筑师，其实他本身并不想创造拙劣之作，也不希望打一开始就失败。只不过创造的结果一时被认为是不好的作品罢了，并非因为喜好粗制滥造而故意为之。在创作的过程中，医生和建筑师都很认真。”

“可对于医生来说，辩解是行不通的。”

“建筑师也一样。当然我承认，由于医生关系到人的生命，所以事情更严重。不过，我认为，辩解行得通行不通都没什么意义。”

“我可认为关系重大。”

“当然关系重大。可是，就说辩解行不通，谁也做不到完美无瑕吧。行不通，行不通，整天拿它当歌唱，有什么用。只要是人干的事，就不可能不出错。反过来说行得通，那也不可能因此而故意多出错。尽管职业的对象有人与建筑之分，但大家都想做好手术，设计好的建筑。这一点，我认为彼此的想法是一致的。”

“可是，桐野先生刚才说，劝大家多粗制滥造一些作品，这可在医学上行不通。”

“这不过是一个比方。我的意思是说要大家有这种思想准备以及培养敢于独创的精神。您只取字面上的意思，我可为难了啊。”

桐野苦笑了一下。野津觉得桐野没有正面接过自己的话题，可转念又想，如果再这样纠缠下去，自己就不像一个成熟的大人了。

“不好意思，正在兴头上，话说得有点多。”

桐野似乎也已经察觉到野津的想法，主动改变了话题。

“野津大夫酒量不错。”

“一般吧。”

“据说外科大夫都比较能喝。下次有空，咱们好好喝一通。”

猛地，野津想起了留在病房的夫人。此时此刻，夫人搂着大脑袋孩子相拥而睡的情景，是那样清晰地浮现在野津的脑海里。

六

桐野喝了一大口酒，拿餐巾拭了嘴角，一本正经地看着野津。

“孩子的事，大致从我妻子那听说了一些。究竟怎么样？”

怎么样？如此含糊的提问，怎么回答？此时，野津在尚且清晰的头脑中思考着如何回答。

“那孩子做了手术，的确能治好吗？”

“我们正为此做各种检查。”

“您的意思是说，根据检查结果，也有可能放弃手术，对吗？”

“您的孩子体弱，我们必须确认他是否能够承受手术。另外，您的孩子大脑生来受到脊液压迫，我们还要看他的脑部萎缩情况。”

“脑部萎缩，会怎么样？”

“如果过于受到压迫，脑组织达不到一定的厚度，手术就没有效。”

“检查结果什么时候出来？”

“估计一周内。”

“可听我妻子的意思，好像是住进了医院就动手术？”

“基本上我们是这个意思。不过，既然做手术，就要争取在最佳条件下，并一定要有效。”

“太好了！那就麻烦您了。”

桐野用眼神表示了一下谢意，端起杯子将余下的酒一饮而尽。站在一边的服务生又要斟酒，桐野立刻阻止道：“不用了。”

“总之，只要手术就能治愈吧？”

“我想，脑积水会基本上治好。”

“基本上……”

“下半身麻痹又是另外一回事。”

“腿部，能不能动手术治好呢？”

“不是不可能。但是，他的腿是由于脊椎畸形造成的，非常困难。”

“那就是说，这次手术只是治疗头部？”

“对，因为头比腿更重要。”

“我说话可能有些啰唆，可我还是想确认一下，这次手术等于就是治好脑积水，对吗？”

“会有一些好转。但是，因为大脑里面要植入胶管，所以和普通的孩子不可能完全一样。”

“您的意思是……？”

“可能会有一些问题出现。譬如管道堵塞了，或者随着身体的发育长度不够了，等等。”

“到时候又要做手术吗？”

“那倒算不上是大手术，但要经常监视胶管的情况，必要时需更换胶管。”

“这孩子，一生都将伴随着管子生活吗？”

“实在抱歉，目前这是唯一的办法。”

眼看着服务生过来撤走盘子，桐野的太阳穴神经质地跳动了一下。野津想找些话来安慰桐野，可终于没有找到合适的词。这时，服务生送来了餐后咖啡，待他搁下后，桐野继续问：

“孩子的病是遗传吗？”

“不是的！”

野津条件反射般地立刻回答道。桐野撤回了正要去拿方糖的手。

“我记得孩子刚出生时，脑袋很大。”

“孩子出生时脑袋都大。如果在母亲肚子里就得了脑积水，根本不可能长到十个月。”

“可是，孩子生来没有得过什么大病，会那样吗？”

“脑积水的病因很多，老实说目前还不十分清楚。或许在胎儿阶段有过什么异常，但这也不过是推测。”

“母亲方面会不会存在什么问题？”

“或许有可能，但这与遗传不是一码事。”

“是吗？”

“胎儿在母亲体内，会遇到很多情况，譬如羊水不足、因母亲摔跤受到冲击以及子宫产生炎症，等等。这些，都属于胎儿时期的成长问题，和遗传无关，可以说是一种不可抗力，母亲不论怎样注意都有可能发生。”

这时，野津突然感觉到自己似乎在拼命地辩解什么。桐野没有端起已经搅拌好了的咖啡，而是点了一支香烟。

“我的亲戚当中，没有患这种病的人。”

“那是当然，因为这不是遗传。脑积水是常见病，在脑外科并不稀奇。”

桐野点了点头，但脸上却明显地流露出并没有信服的神情。野津想再一次对他解释说这不是遗传，未待出声，桐野已经先发话了：

“您和水江大夫同级吗？”

“是的。”

“他是位和蔼可亲的大夫。”

“您见过水江吗？”

“见过多次。我不太了解，但我妻子说他是位好大夫，非常感激他。”

“他本来想留在大学，可后来他父亲重病就接管了医院。”

“这以前，他平均每两天到我们家出诊一次。”

说着，桐野的嘴角露出了一丝笑容。猛地，野津想，或许桐野知道水江爱慕夫人的事。

“多亏他把您介绍给了我们，帮了个大忙。”

“作为医生，我也才刚刚起步。”

听桐野说到这些，野津再一次恢复戒备心态。

“您不用客气。您虽然年轻，但听水江说您的临床经验十分丰富。”

“那是水江随便瞎说。不过，我们主任的技术的确不错。”

“主任怎么称呼？”

“远野英次。来这家医院前，曾是S医大的脑外科副教授。”

“孩子的手术是让他来做吗？”

“我想是的。”

“下次有机会，请帮我引见一下。既然是给孩子做手术，我怎么也得和主任认识认识，向他问个好。”

“没问题。”

桐野梳理得一丝不苟的鬓角，有好几处已显露出白发。不过，这倒反而为他已到中年的外表增添了几分稳重。

“看来，也就这样了。可我还是希望，将来，即使他不能成为一个健全的人，至少也能够自己处理自己的日常生活。”

“嗯……”

野津点了一下头，可内心却并没有自信敢断言孩子一定就能恢复到桐野所说的那种程度。老实讲，别说处理什么日常生活，就连能否活到五六岁都还是个问题。即便做了手术，症状也不过是暂时有所好转，几年后还可能复发，甚至因恶化而死亡。桐野亮一抵抗力差，再加上脊柱裂，这种可能性就更大。

桐野对治疗抱有很大的期望，即便不健全也希望孩子将来好好地活着。作为家长，有这种想法并不过分，本在情理之中。可话说回来，这种期待又恰恰说明了桐野对医学的无知。倘若他知道当今医学处于一个什么样的水平，那么他就不会期待过高。

一想到这事，野津就感到痛苦。其实，手术并不能保证亮一恢复正常，可自己嘴上却说可以治好，这实在是一种没有责任的说法。相比“治好”一词，自己难道不应该说“会好一些”吗？现在自己这样说，只会让患者的家属将来更加困惑。野津认为，应该把目前医学的局限性告诉他，无论多么尽力孩子都不可能完全恢复正常。

然而眼下，野津没有勇气说出这番话来。本来，说出来也无济于事，还不如就医生自个儿知道了事。让家属抱有一线希望，或许是这种情况下医生唯一能够做到的一件事。

“说起来可能好笑，自从有了这个孩子后，我们就再也没有勇气要第二个孩子了。”

盯着咖啡杯，桐野的脸上露出了一丝笑容。不是讽刺，而是自嘲的笑。野津在那一丝笑容里，仿佛看到了一个与建筑师截然不同但却更为真实的桐野。

“刚才我已经说过了，没有担心的必要。”

“咳，从医学理论上讲或许是这样的，可我们不是医生，做不到这一点。我们没有足够的医学知识，一切全都是白费劲儿。有了这孩子之后，我妻子也没有了自信。”

“您说的自信是指……”

“用‘自信’这个词，可能言过其实，实际上，好像是对什么产生了恐惧。”

七

野津想起了夫人那美丽但却似乎总有一种压抑表情的脸庞。或许是因为孩子出生以来，桐野和夫人之间隐忍着的不安情绪造成的。野津觉得孩子的状况确实让人受打击，可是忍受着痛苦的夫妇两人间的关系也让人心生畏惧。

“弄不好，是因为我们夫妇前世作了什么孽。”

“怎么会……”

“怎会有此愚蠢想法？或许您会这么认为，可对于我们来说，只能这样猜测。”

野津不知如何作答。自己这个局外人似乎也没有必要再往下掺和。短暂的沉默后，桐野说道：

“我有一个朋友是画家，名叫葛原，在上野的时候我们一起的，现在是东京的畅销画家。”

野津记忆中，没有听说过这个画家的名字。

“他与我同龄，也结了婚，但没有孩子。并不是不能生，而是不要。”

“他讨厌孩子吗？”

“不，他很爱逗别人家的孩子，看不出他讨厌。他奉行的理论是‘艺术家不能要孩子’。艺术家只需要在世上留下作品，作品高于一切。艺术家要是有了孩子，他的心思就会转到孩子身上，他会把精力放到小家庭，从而放弃对艺术的执着。正因为孩子可爱，所以就更不能要孩子，他们是艺术家的天敌。”

“可人结了婚，就希望有自己的孩子。”

“这正是最让人犯难的地方。我曾经很顽固，总想这辈子不要孩子，只要有艺术就够了。可不知不觉间，你会发现自己是那么渴望有个孩子，甚至当你觉察到时，你已经有了孩子。这是为什么？人的本能？不管怎么说，就是想要自己的孩子。”

桐野在膝上将餐巾折成四方形，整整齐齐地放到了桌边。

“我刚才提到的那位画家，知道了孩子的情况后，他的安慰让人不可思议。”

“他说什么？”

“生出这样的孩子来，是神灵对你的恩赐。这样，你不用成天围着孩子婆婆妈妈的，反而能够把精力全放到工作上来。”

“可父母与孩子之间的关系不是这样的。”

竟然能够说出如此残忍的话！野津对那位画家非常失望。

“您说得对。事情哪有那么简单。”

“就是。”

“艺术家当然想留下杰作，创造出能够流芳百世的作品。可我，刚才已经说过了，设计的全是拙劣之作。”

桐野把还剩下一半的烟掐灭了。

“大家彼此都有道理。可我总觉得，无论多么优秀的艺术家也创造不出像自己孩子那样的杰作来。不是吗？”

“我想这是一种思维方式。”

“您说得对。艺术家为了证明自己曾在这个世上活过而创造作品，为了让后人知道他们而想创造流芳百世的杰作。然而，所谓的杰作，您并不知道，何时何地评价的标准究竟会如何变化。就算古典作品不也会几经沉浮吗？所以，从这个意义上讲，孩子不才是自身存在的最可靠证明吗？”

“孩子谁都会生，能够流芳百世的杰作可就不一定了。”

“正因如此，艺术家们拼了老命也要创造杰作。可话又说回来，就是真的创造出了杰作，就能说那件作品对于它的作者来说是最密切、最相近的吗？如果真的是的话，还真是奇怪了。”

“那不过是创造出来的一件作品，我认为不能和原创人本身等同。”

“这一点上，孩子可是实实在在的，毋庸置疑，他是自己的分身。就算是那样不健全的孩子，你看他的鼻子、他的小手，简直就和我的鼻子、我的手，近乎一模一样。如果他健康地长大，他还会和我一样喝得醉醺醺的，步履蹒跚地走路。”

桐野褐色的眼睛里闪着光。此时的眼神，已不再是建筑师而是一位慈爱的父亲的眼神。野津从那眼神里，感到自己终于看到了桐野作为人的软弱之处。

“常言道，生养孩子是人的本能。但这恐怕是因为人要死亡，所以才具有这样的本能。”

“因为要死？”

“对，人都要死。人不可能永远地活下去，即便有这样的愿望也不可能实现。所以，人们总是想留下与自己血脉相连、和自己最亲近的东西，把追求长生不死的希望寄托在这上面。”

越说，桐野的情绪越高涨。

“生养一个孩子，其实就是自己继续存在于世的一种证明，就是和自己极其相似的一个人在自己死后继续活在这个世上。没有比这个更为真切、实在的了。”

对于尚未成婚的野津来说，理论上明白这些，可没有真正的实际感受。要想理解这一切，自己都觉得还需要时日。

“哪怕是孤儿、遗腹子，都会想念自己的父母。即便没有什么记忆，他依然与父母流着相同的血液，遗传有相似的性格，血缘的关系是无法否认的。而相比之下，一件作品就显得十分疏离。尤其是建筑，不论你在何处创造出什么样的杰作，随着岁月的流逝，它都将荡然无存。”

桐野歇了口气，端起凉了的咖啡呷了一口。

“你看我，说起话就收不住，没想到竟然说了这么多。”

桐野有些抱歉似的搓了搓脸颊，稍长的鬓角里也依稀夹杂着几根白发。

“最近，我觉得自己神经有些衰弱。年轻时我不怎么听别人的话，十分争强好胜。不怕您笑话，我想，或许是因为我以前太顺了。”

“就是现在，您工作上不也很顺吗？”

“顺是顺，可老实说，亮一对我来说是一个天大的打击。我想都没有想过，会遇到这样的挫折。”

就像在忏悔，桐野将双手交叉放在桌子上，低垂着头。

“孩子的事不能说挫折。这不是没办法吗？”

“您说过这是不可抗力，可对于我，他是一个毁灭性的打击。”

桐野嗫嚅了一下嘴角，似乎还有话要说，可突然像想起了什么：“说了这么多无聊的话，耽搁您时间了，咱们走吧。”

野津看了看手表，已经六点多了。

“总之，孩子就拜托给您了。”

“我会尽力的。”

两人站起来。桐野拿了账单先去了款台。那不高但却结实的背影里，已经丝毫看不出他刚才所表现出来的脆弱。

“谢谢您的款待。”

来到款台前方的电梯口，野津再一次表示感谢。

“硬把您拽出来，不好意思。下周起，我会在这个饭店住上一段时间。如果您方便的话，可以找我。”

“那，家里呢？”

“偶尔会回去。不过，还是这里方便。”

在一楼的衣帽间，两人穿上大衣向门口走去。

饭店门前，有五六个人站着在等出租车。雪，依然在夜晚的天空里飞舞着。

“我还要去别的地方，咱们就此分手吧。”

桐野从灰色大衣里掏出黑色皮手套戴上，再一次说道：

“拜托了！”

野津竖起大衣领子，飞奔进了雪中。霎时，雪粒猛烈地打在了脸上。

跑出数步之后，野津回过头。在模糊的雪的世界里，只见桐野双手插在大衣口袋里，背影渐渐地消失在去往车站的路上。

八

大雪下了两天两夜，第三天早晨，终于停了。

道路就不必提了，各家各户的屋顶、高楼楼顶、街边的路灯，凡视线所能及的地方，全都披上了一件厚厚的雪衣。本已经推迟步入暮冬的大街，此刻，经过两天大雪的洗礼，又重新恢复了隆冬的景象。

在这银装素裹的大街上，最为美丽的，莫过于那些不存片叶的树干。

札幌市的行道树，品种很多。北海道道政府前是银杏，北一条是法国梧桐和刺槐，北一条大路是杨树。临近医院的道政府院内是高大的榆树，其间还种植着云杉。

大雪压松枝，在雪后的清晨固然妩媚绝伦，可，不存片叶的枯树承载着皑皑白雪，亦自然别有冬季的风情。

杨树的树梢尖细，可它的枝条却很粗壮。平常看杨树，既不觉潇洒也不觉有特殊的韵味。然而，每当大雪压满枝头的时候，它那粗壮的树干就显得格外沉稳、伟岸；法国梧桐、椿树，它们的树干、枝丫上节非常多，和杨树给人以同样的感觉。尤其是椿树，如同黑人那粗壮臂膀般的黑漆漆的枝条上满是白色雪花，经午后的阳光照射，枝上的积雪逐渐融化，润湿了黑黝黝的树皮，而后，竟化成了鲜艳的朱红。和它那高贵的名字相违，被融雪洗涤过的朱红的树表不禁让人联想到女人的肌肤，润泽而妖娆。

又过了一天，即星期二的早晨，野津给桐野亮一做了气脑造影。

桐野亮一的症状没有什么变化，照旧颅压高，有时呕吐，四肢有轻微痉挛。倘若会说话，他肯定要叫头痛，可他只能表现出烦躁的情绪。如果只是降压，通过静脉注射类固醇倒也能暂时减轻症状。但它也有缺点，一是不能长时间保持；二是，它的药性比较厉害，如剂量用得太大，反而会减弱身体的抵抗力，使身体产生抗药性。

事实上，野津已经观察了四五天，他一直想等孩子的症状有所好转的时候拍片，可左等右等也不见任何起色。考虑到日益临近的学会，以及焦急等待中的桐野，野津想，还是赶快拍片拿出一个是否适合手术的结论为好。

气脑造影，有可能暂时使身体更加虚弱，但不至于加重病情。下雪这两天，野津经过反复掂量终于下定了决心。

巡诊先从靠护士值班室近的单人病房开始，然后再去较远的大病房，也是因为单人病房里一般重病患者比较多。野津眼下总共负责九名患者，重病号是两名脑肿瘤和两名颅骨骨折患者，其他的是一些脑出血后遗症及脑震荡患者。

两名颅骨损伤患者已经接受完手术，现在症状比较稳定。脑肿瘤患者，其中一人无事，另一人做了手术但为时已晚，两天前已失去意识。其他脑出血和脑震荡患者基本上情况稳定。

这么看来，最让人担心的就是那位病入膏肓的脑肿瘤患者和患脑积水的桐野亮一。

不过，肿瘤患者已回天乏术，唯有等待死神的降临。病人的家属也做好了思想准备，而患者本人根本就没有意识。对医生来说，可以算是不需要再费心的病人了。所以，实际上，最大的难题是桐野亮一。

野津首先去了那位肿瘤患者的病房。患者五十六岁，是小樽的一名海产品批发商。眼下，他的颅压虽高，但呼吸和脉搏都很稳定。

“如果没有特殊情况，今明两天我想不会有问题。”野津对守候在他身边的妻子说了句无关痛痒的安慰话，然后指令护士给他换了点滴，到时候打针。他的妻子微微点了点头，可明显地，在她的脸上，流露出半年多来看护病人的疲惫以及认命的神情。

出去之后，野津来到隔了一个房间的桐野亮一的病房。

今天，夫人穿着洋装，白色针织连衣裙配同色毛线编织的腰带。这或许是因为和服还是不太适合护理孩子吧。

亮一醒了，眼睛似乎在左顾右盼。由于他的脑袋大、前额突出，所以眼睛看起来有些凹陷，而眼珠则显得又黑又大。仔细看那眼珠，其实并没有望着正俯视他的母亲和野津，而是穿越了他们茫然地盯着前方。虽然在动，却并不是有目标的移动。

野津测了测脉，把听诊器贴到亮一的胸上。右侧的肺上部能听见像是支气管炎的水泡音，不过，他平常也这样。

病历上记载，亮一昨晚呕吐一次，无发烧和痉挛。

“今天下午开始做气脑造影。”

野津说完，夫人默默点了点头。

“大概一个小时就结束。之后可能会出现发烧等症状，都属正常，不用担心。”

随后，野津又看了看孩子的四肢反射，给他更换了腰间的纱布。护士先是递过浸了消毒液的棉球，接着再递纱布。这是每天必定重复的工作。

一边换着纱布，野津想起来，今天，自己是别着珊瑚领带夹来医院的。

朱红底色上起白晕的珊瑚领带夹配上枯黄色领带十分协调。清晨，野津就想象夫人看到后会有何反应，可事实上，自己现在却并没有戴。

在医院时，野津就会换上白裤子和在肩部系扣的外科医用白大褂。今天早晨，野津本想穿上普通的内科白大褂，系着领带去巡诊，可又觉得突然改变着装会让人生疑，便照旧穿上了平时穿的白大褂。

下午两点，桐野亮一被推进了放射室。在二一六号特殊放射室前，夫人目送亮一进去后，自己留在了走廊。

亮一稀少却乌黑的头发被剃掉了，推子推过的地方发出嫩青的光。即将进入大脑深处的穿刺针从前额稍稍偏右的地方扎了下去。

手术台上，因为头被固定住，左右还有两个护士按着，亮一一动不动。而且，上午剃头时，孩子反抗的力气也都用完了。

野津给头部上方消毒、实施局部麻醉，在中央稍靠右处切开一个三厘米左右的口；止血后，拨开头皮，用穿颅器在头盖骨上打开一孔，插入穿刺针。针的粗细和便携式铅笔差不多。

灯光下，亮一的脸色并不苍白，倒是有几分黄。他的肝脏肿胀，还遗留有轻微的新生儿黄疸症状。

患者、护士、摄影师，所有的眼睛都全神贯注地盯着穿刺针的针尖，因为务必要小心翼翼地进针。稍一出现差错，倘若伤及脑血管、中枢神经，都有导致孩子死亡的危险。

放在平常可以很轻松地进行穿刺，可今天，野津紧张得脚底都在微微地发颤。

当穿刺针进到第五个刻度，针的尾部冒出了水滴。野津迅速用戴着橡胶手套的手摸了一下，待确认的确是水滴以后，就又用力向下推了一步。这一次，连续的水滴之后，脑脊液冒了出来。

脑脊液出来，证明针尖的的确确已经进入脑室。之后，排出液体，换上注射器注入空气拍摄就行了。

野津排出三十毫升的脑脊液后注入了空气，从脑的前、后、左、右、侧面等不同角度拍了十张，之后又变换了亮一的姿势，从其他角度拍了八张。因为这是决定最后是否进行手术的依据，所以必须慎之又慎。

野津总共拍了十八张，直到三点半，检查才结束。

被推出放射室时，亮一的头顶贴了一大块橡皮膏。他已经没有力气哭，双眼紧闭着，唯有小鼻子还在轻轻地翕动。

等候在外的夫人立即来到移动台的旁边，呼唤着“小亮、小亮”，孩子却笔直地躺着，没有睁开眼睛。

九

关于桐野亮一气脑造影的结果，第二天傍晚，大家在办公室展开了讨论。

他们按惯例边吃晚餐边讨论。野津首先把目前所有的情况说了说，并把拍出来的片子贴到了正面足有三米宽的大型荧光板上。

片子显示的结果和预想的一样。大量脑脊液的挤压造成了脑室扩大，脑组织变薄。

“脑组织的厚度是多少？”

似乎等不及野津的介绍，远野主任已经开始发问。

“根据测量是一点五厘米，可要是刨除脑壁扩张的部分，估计只有一点四厘米。”

“一点四……”

远野手托下巴嘟哝了一句。

理论上，脑积水的情况，如果想通过手术达到效果，那它所要求的脑组织厚度最低不少于一点五厘米，否则，就没有效果。而亮一，仅差一点。

远野再一次来到荧光板前，把十几张片子逐个看过去。

“不好办哪！”

要么大大超过一点五厘米、要么大大低于，事情都简单，直接照理论执行就是。可这种高不高、低不低的数据最令人伤脑筋，需要医生自己来做出决断。

“说一点五厘米，可那不是绝对的临界点。我曾经在资料中看到过一个例子，低于一点五厘米，但做了手术仍然有效。”谷村反驳道。

年轻的外科医生一般都不甘心还未动手术就罢休，纵使危险也愿意尝试一番。哪怕是个实验性质的手术，也不乐意袖手旁观。

“虽说有成功的例子，但大部分都没有成功。更何况，还有做完手术就即刻死亡的例子。”

远野边说边从荧光板前返回到自己的座位。

“可就这么等待下去，也没有恢复的可能性。索性还不如做。”

谷村依然坚持自己的看法。

“就这个孩子目前的身体状况，手术后很大可能是死亡。”

“可也不是没有万一成功的可能性。”

“总之，倘若是打赌，什么时候都无所谓。那就和你赛马一样。”

提到赛马，谷村不好意思地挠了挠头。一旁的实习生忍住了笑。

“其他情况怎么样？”

远野再一次向野津问道。

“由于气脑造影的影响，昨晚有三十八摄氏度的发烧，呼吸也有些困难。今天早晨开始给他输氧。”

“有没有呕吐？”

“昨晚算起吐了三次。”

远野把嘴努成个八字，又一次看向片子。

亮一的牙齿、鼻子附近的骨骼尚未形成，只有颚骨、眼窝至耳朵附近的骨骼看得较为清晰。整个头部轮廓十分模糊，几乎都是软骨，还没有形成真正的骨骼。

有一块侧面呈菱形的发黑部位位于头部的中央，那是注入空气后拍摄的脑室像。片子上的脑组织部分很淡，显得有些虚无。

四人看着片子陷入了沉默。大家都清楚，这不是赌博，下结论一定要有理有据。可是，当脑组织的厚度十分接近手术所必需的数据时，实在难以做出决断。

“主治医生的意见？”

远野盯着荧光板问道。可事实上，每当远野这样问话的时候，其实，他已经胸中有数。

“我……”

野津停顿了一下，在脑子里重新审视自己的想法。

“如果从医学的角度上讲，我认为应该中止手术。”

“理由呢？”

“从大脑的萎缩情况看，脑组织的厚度只接近所需的数据。做完手术，症状或许有所好转。即便有了好转，那也只不过是暂时的，两三年后还可能复发。冒着生命危险做手术……”

说到这里，野津沉默了。夫人和桐野先生在眼前一闪而过。

“你的想法是，如果只能延长两三年的生命就不做了，维持现状？”

“当然，根据病情的变化，我可能会使用穿刺、注射类固醇等方法来降低颅压。我只是认为，或许没有必要冒着生命危险去做一项没法保持效果的手术。”

说完以后，野津觉得自己好像有些胆小怕事。参与讨论前，自己和谷村一样，认为应该采取手术这样的积极措施，可关键时刻却临阵退缩了。

“孩子的父母没有认为做了手术就一定能痊愈吧？”

“倒是没指望痊愈。可他们还是期待有某种程度的好转。”

“有了一定好转后，还是存在恶化的可能性，他们会怎么办呢？”

“那还不太清楚……”

“即使做了脑部手术，双腿的麻痹还是不会改变。这事，你说了吗？”

“说过了。”

“他们依然要求做手术，对吗？”

“他们说一切交给我们了。”

“交给我们了，嗯，是啊。”

远野嘴里叼着烟斗，眼睛看着天花板。他把腿伸得长长的，上身使劲儿地靠着椅子背，一副心不在焉的样子。可实际上，这是远野陷入沉思的一个习惯性动作。

大家全都沉默不语。野津翻着病历，谷村盯着墙上的片子，似要发作。

“是独生子吧？”过了一会儿，远野直起上身说道。

“结婚五年才有的孩子。”

“是吗？那就这么定了。手术的事以后再说吧。”

“为什么？独生子就更应该……”谷村立刻反驳道。

“我理解你的不满。不过老实说，就目前的状况来说，手术不但没有成功的胜算，恐怕只会加速这孩子的死亡。”

“您是说，从头我们就放弃，对吗？这难道不是在打退堂鼓吗？”

“你说得对，我们就是在打退堂鼓。没有办法，不，不是没有办法，而是世界上存在我们现代医学无法解决的疾病。”

远野站起身，围绕荧光板来回地走动。每当通过荧光板有灯光的一面时，他那蓬乱的头发和细长的脸庞就显得格外苍白。

谷村在桌子前抱着胳膊，满脸不高兴的样子，一言不发。

野津眼睛盯着远野，似乎在看他踱来踱去，其实，脑子里却在想刚才自己为什么要说中止手术。不知道为什么，自己虽然表面上说着医学道理，可内心仍然有解不开的疙瘩。横竖都是要死的话，哪怕只有百分之一的可能性，不也应该下定决心做手术吗？就因为能够少许延长几天生命，就彻底放弃一个将来无望的孩子，这对于孩子本人、孩子的家庭来说不是更加残酷吗？野津想，哪怕只有一线希望也应该怀着信心去做手术才对。

可是，自己为什么要说中止手术呢？当主任询问自己的那一瞬间，猛然间，内心感到了恐惧。如果说做，那么，一旦失败责任就要落到自己头上。虽然没有刑事责任，也不会有人问罪，牵涉不到法律上的问题，可野津感觉，良心上要遭到比法律重之又重的制裁。“就因为你一人的独断，缩短了一个人的生命；因为你个人的一念之差，断送了一个孩子幼小的生命。”野津害怕这样的想法伴随自己的一生。

总之，野津认为这是精神上的问题，不想因自己多嘴而从此背负一个心灵上的包袱。尽可能以医学上的理由拒绝手术是最轻松的选择。这样一来，就可以把责任转嫁到别的上面，而自己又不会留下任何犯下过失的遗憾。然而，从一名医生的良知上讲，这又是一种极其卑怯的做法，一种从头就逃避的态度。医生的良心应该是，明知不可为而为之，至少，也要朝此方向努力。这难道不是一个科学工作者应该具备的责任心吗？

此时，野津感觉自己很卑怯。本认为应该手术，可却以医学的理由巧妙地加以否定。在这一点上，毋宁说谷村更加正直。他至少没有假惺惺地装出一副人道主义者的模样。

“反正活不长，难道不应该试一试吗？”

谷村再一次力争。

“的确，有你这样想法的也大有人在。作为实际问题，你的观点很有说服力。但是，你所说的‘反正不行了，动手术试一试’和我们不打算动手术的意见本质上一样，都是失败主义。只不过你的想法稍稍勇敢些罢了。”

远野看了看片子，继续说道：

“我们是医生，可并没有谁赋予我们操纵生死之大权。在现实中，即便我们拥有这样的权利，那也只限于挽救人的生命时使用。这个简单的道理，你也明白吧？”

“知道。”谷村不情愿地回答。

“一般说来，和攻击相比，撤退，是很没有面子的。可是，很遗憾，我们似乎应该撤退。”

猛地一转身，远野朝野津看去。

“由你，来向孩子的父母宣布我们撤退作战。这很困难，他们可能仍旧再三要求做手术。但是，说服患者的家属也是我们做医生的一项职责。”

野津还在思考自己刚才的行为。如果当时自己说“应该做”，那么，现在的形势可能就变了。当然，话说回来，倘若主任真的没有要做手术的意思，那么结果也是一样。可是，野津总感觉，有什么地方不对劲儿。

“既然孩子的父母说听我们的，我想他们会同意我们的意见。”

远野好像已经做出了决定，从椅子上站了起来：

“今天的讨论就到此结束。”

说罢，远野夹起桌上的外国杂志，走出了办公室。

十

仿佛是要追赶上因大雪而迟来的春天，雪停后的第二天，明媚的阳光就普照了整个城市。

在过去的几天里，覆盖了整个城市的皑皑白雪，此时，失去了她原有的晶莹，逐渐融化为雪水，形成大大小小夹杂着残雪的水坑遍布于城市的街巷。

市中心的人行道，许多地方安装有融雪机，走路尚不会有大碍，可除此以外，不穿靴子便寸步难行。

就从这个时候开始，一直到四月上旬，札幌这座城市将会持续一段由积雪融化带来的卫生污染时期。

讨论结束后的第三天下午依然阳光明媚，野津把结果告诉了夫人。倘若真心想早一点通知对方，不说当天，至少第二天就可以。然而不知为什么，野津没有马上通知。明知迟早都会有这一关，可心里就是犹豫着拿不定主意。

午后三点，野津待脑肿瘤患者的点滴完毕以后，来到了三〇五病房。

第一遍敲门，没有回应。再一次敲门之后，才从门里传来了很低的一声“请进”。

野津转动把手，拉开了房门。夫人正靠在床边，背对着门站着。一看是野津，慌忙低下了头。

“可以进来吗？”

“请进。”

夫人的表情显得有几分狼狈。

“有关手术的事，我想跟您谈谈。”

因为并非巡诊的时间，所以野津赶紧对突然造访进行解释。

“请坐！”

夫人端过椅子，接着从野津背后绕过，走到了门边的洗脸池前站住。野津的目光追随着夫人的动作，然后才来到床头，低头看起亮一。

病房虽说朝南，可因为树叶的遮蔽，午后的阳光已经暗了下来。巨大的病床上，看上去，亮一的头似乎在那里悬浮着。

“我给您沏杯咖啡。”

“不用了，我马上就走。”

野津谢绝了，可夫人仍旧从洗脸池上的小柜子里取出了杯碟。

气脑造影后，亮一持续三十九摄氏度高烧，一直需要人工吸氧。尽管这一切都在预料之中，可倘若再这样持续四五天，就绝不容大意了。

野津眼睛看着亮一苍白的脸，脑子里却在琢磨夫人：这些日子，她一个人在病房里究竟想些什么呢?

不一会儿，背后传来了瓷器轻轻的碰撞声。回过头，只见夫人把咖啡放到了沙发前的茶几上。

“对不起，只有速溶咖啡。”

病房内，十分安静，唯有氧气泡蹿出水面发出单调的咕嘟声。野津往咖啡里放了块糖，用勺子轻轻地搅了起来，刹那间，野津似乎忘记了身旁还躺着一个患不治之症的孩子。

“气脑造影的结果……”野津一时心虚，他想赶走这样的情绪，说，“包括主任在内，我们进行了各种可能性的讨论。”

夫人双手搁在膝上，仿佛是要听法官的宣判。

“我们做了研究，决定这次暂时中止手术。”

“中止？”

猛地，夫人抬起了头。她的眼睛有些肿，脸上扑的粉也比平日厚。野津想，或许，夫人刚才哭过了吧。

“为什么会这样？”

“医学理由有些专业，通俗解释一下的话，首先，孩子目前的体力就难以支撑手术。再加上……”

说到这里，野津把话停了下来。“手术也没有用”这话，对于夫人来说未免太残酷了。

“气脑造影后，孩子持续高烧，身体非常虚弱，马上做手术很危险。”

仿佛是在追踪野津的视线，夫人也默默地朝床上望去。从两人坐的位置平视的话，正好可以十分清楚地看到孩子插着氧气管的侧脸。

“那就是说，等孩子恢复了体力以后再做，对吗？”

“最好是这样。不过，主任月末要出去开会不在这里。等他回来再讨论这事的话，会拖延不少时间。”

“那没关系。只要手术能治好，我们还是想试一试。”

野津不知该如何作答。的确，自己刚才的解释很容易让人误解为，暂停手术是因为目前身体状况较差，一旦体力恢复照样可以进行手术。只要不说“手术也没有用”这句话，显然，夫人就不会放弃。

“退了烧，也还要看身体的抵抗力如何。”

“大概什么时候，才能有足够的抵抗力呢？”

“这个，很难估计。”

“那，您是说没有希望做手术了，对吗？”

“恐怕，有这个可能。”

夫人垂下眼帘，右手轻轻地支撑住额头。西下的夕阳穿过树缝，照在夫人的脸和手上，形成了一道道阶梯状的阴影。

看着夫人脸上淡淡的阴影，野津想：我是不是应该告诉夫人真相，就说手术没有用呢？自己明明已经放弃，可嘴上却含糊其词，让对方抱有幻想，这难道不是自己做医生的过错吗？如果真想与人为善，难道不应该让患者和他的家属放弃幻想，不行就直截了当地说不行吗？正这样想着，夫人将手从额头上拿下。

“那，今后该怎么办呢？”

“眼下，主要就是给孩子退烧，使他逐渐恢复。”

“您刚才的意思不是说，这孩子已经没救了吗？”

“不……”

野津说不出其他的话，慢慢地摇了摇了头。

“没有这样的事。”

夫人的眼睛直直地盯着野津。可能是刚才拿手碰过的缘故，夫人的额头有一小块地方，扑上去的粉脱落了，露出一道细细的伤痕。

“只要体力恢复，手术就能做吧？”

“是……”

再和夫人这样面对面地坐下去，野津深恐自己会说出真相：您的孩子只能这样。

“那，要说的就是这些，我走了。”

野津站起来，只见夫人的双肩微微地抽动了一下。这副肩，看起来是那样平坦，可又显得是如此无助。瞬间，野津的脑海里掠过桐野那强壮精悍的肩膀。

“您对这个结论一定很失望。不过，也包括您丈夫，希望你们能理解。”

“可是……”

夫人说完“可是”二字，轻轻地咬住了嘴唇。此时，阳光更加苍白无力，夫人流过泪的眼睛几乎已看不出肿的痕迹了。

回到研究室，午后的斜阳洒满了整个房间，桌子上堆积的书在地板上留下了长长的影子。恰好是下午四点钟。

野津来到窗边，低头向两栋楼之间依然残留着积雪的内院看去。此时，太阳已经偏西，院子的大部分笼罩在楼宇的阴影里，而地上的积雪也尽是暗影。野津望着不再被阳光眷顾的这一片白色空间，有些不可思议地，又情不自禁地想起此时在同一栋大楼里的夫人和亮一。

十一

第二天晚上十点多，野津接到了桐野的电话。当时，野津刚准备完开会用的幻灯资料，正打算回家。那一天，天气同样暖和，屋顶上三十厘米厚的积雪，几乎都已融化。

“我有事想请教您，待会儿能见个面吗？”

桐野说话礼貌，但话中却隐含不容商量的语气。

“行，您在哪里？”

“上次我们见过面的皇冠酒店，还是请您下班后到我这里来吧？”

所谓有事，肯定是指中止了手术这件事。野津心情沉重，可终究还是要面对，想到此便回答道：“好吧。”

“我在一进大门靠左边的酒吧等您。”

或许因为是晚上，桐野的声音听起来离自己很近。野津脱下白大褂，换上西装，披上大衣，走出了医院。

白天，因气温高而逐渐融化的积雪到了夜间又结成了冰，路面就如同冰面一样滑。来往的汽车小心谨慎地唯恐打滑，一看见信号灯，老远就开始降速，红灯亮时，发动机低鸣着很快便停了下来。

过了一个路口，野津来到酒店里叫作“由卡拉”的酒吧，只见桐野独自坐在那儿等着自己。

“谢谢您专程过来一趟。咱们到那边去吧。”

看见野津，桐野立即站了起来，向吧台里的包厢走去。

“不好意思，把您给约出来。喝点什么？”

“啤酒吧。”

桐野向服务员点了啤酒，自己还是要了刚才一直在喝的白兰地。

“您现在住在这里吗？”

“我，订了房间。不过，许多常用的资料都在家里，所以还是常回去。”

桐野今天穿的是象牙色高领毛衣，外套一件褐色西装，显得比上一次年轻。

这里除了吧台，大约还有十个包厢。作为饭店的酒吧，倒并不大，但统一的深褐色调，看上去很沉稳，是一个理想的谈话场所。另外七八位客人，不是坐在吧台就是吧台附近的包厢。只有他们两人坐在吧台最里面，非常安静。

“这么晚，我还以为您不在医院了。”

“临近学会了，所以最近每天都待到很晚。”

服务员端来了啤酒，并给野津倒在玻璃杯里。室外，寒风刺骨，可这里，大家都穿着西服，几乎令人忘却了这是冬天。

“您辛苦了一天又来打扰，实在不好意思。关于孩子手术的事……”

果然不出所料，野津立刻坐直了身子。

“我从冴子那里大致听说了一下，可是不得要领。今天，我想直接听您说一说中止手术的原因。”

野津一边点头，心下却觉得发现了新大陆，原来，夫人的名字叫冴子。

“听说，孩子目前的状况是没有抵抗力，做手术很危险？”

“我们对全身都做了检查，得出的结论是，做手术比较困难。”

“所谓中止手术，是暂时的呢还是彻底就……”

“和放弃还有所不同。”

“那就是说，只要身体有抵抗力就可以做，对吧？”

“也说不上。”

“我不明白。”

桐野看上去显得有些烦躁，拿着白兰地的手不停地晃动着酒杯。

“您说没有抵抗力不能做手术我明白，可是等有了抵抗力也不能，这是为什么？我也问了冴子，她说的我也不明白。”

考虑到对方的心情，野津在说话时尽量避免使用断定的语气。可是，桐野似乎并没有觉察到这一点。

“是不是还有什么其他不能做手术的理由啊？”

桐野试探地看着野津。野津迎着对方的视线，心想还是把一切都告诉给桐野好些。夫人或许难以接受，可换了桐野，即便知道了孩子没有希望，想必他也能够冷静地接受这个事实并理解院方的决定。作为一名医生，现在这种情况，或许把事情讲清楚反而好一些。

“到底会怎么样？”

再次被桐野催促，野津终于下定了决心。

“通过气脑造影我们得知，由于受脊髓压迫，您的孩子脑组织的厚度只有一点四厘米。”

桐野眼睛一眨也不眨地盯着野津。

“人的头部，由许多部分，诸如头盖骨、脑干、脊髓通过的空间等组成。您孩子真正属于脑的部分的厚度只有一点四厘米。”

“因此，不能做手术是吗？”

“能够达到预期效果的手术至少要求一点五厘米。如果低于这个数据，理论上，即使做了手术，已经萎缩的脑部组织也不可能再拥有正常功能。”

“可是，一毫米左右的误差总是会有吧？”

“有可能，因为并不能直接拿尺子亲眼看着测量，所以它并不是绝对的。可的确，一点四厘米这个数据，做手术很困难。”

“那，您是说，即使体力增强，做手术也没有用，对吗？”

“我并没有明确地这样说。”

“可，不是正因为没救了你们才中止手术的吗？”

“我们还综合了体力、腿部等其他很多因素才做出这个决定。”

桐野双手紧握着桌上的玻璃杯，耷拉着脑袋。野津下意识地开始反省，自己刚才说的话是不是太过冷漠了？

“总之，对那孩子已经没有办法了，是吗？”

“我没这样说。只不过因为孩子目前身体还很虚弱，脑部的情况也不太好，所以动手术的事，还需要再看一看。”

“可脑部，难道是只会萎缩而不会好转吗？”

“是这样，但总而言之，眼下的首要任务是让孩子退烧，增强体力。”

桐野靠在椅背上，抱着胳膊说道：

“看来，气脑造影的结果就是：一是令孩子的身体更加虚弱；二是让我们明白，手术也是没有用的。”

“知道了这一点，气脑造影也就达到了目的。”

野津的回答有些不近人情。

的确，从结果来看，气脑造影使得孩子全身衰弱并让医院对实施手术产生了疑问。

一转念，野津又想，桐野不应该针对医生说这番话。不论主任还是自己，谁也不希望出现这样的结果。当初，是为了手术有更大的把握才决定事先做个这样充分的检查。因为个体出现的不良结果就对医生横加指责，这实在是有违常理。

然而，野津现在并不想责备桐野。被医生当头泼了一盆凉水，或许桐野只能采取这种方式来发泄心中的痛苦。桐野乱发了一通脾气后紧绷着脸。由于过度的悲伤和焦虑，他似乎已经难以控制自己的情绪。

野津做好了思想准备，此时此刻，无论对方说什么，自己都静静地听着。反正，说什么安慰的话都没有用，本来嘛，当事人和医生的立场就不一样。医生过于同情患者完全站在患者的角度考虑问题不行，而患者过于明白事理甚至于站到医生的角度考虑问题也不行。大家彼此拥有自己的立场反而能保持事态发展的平衡。

野津等待着桐野在沉默中把对孩子绝望的悲痛渗透进心灵的深处。或许只有当这种悲痛扩散到身体的每一个部分并最终沉积于心底之时，两人才能心平气和地重新考虑同一问题。

两人面对着面，唯有眼睛左右相对。桌子中央的烟灰缸里，桐野刚刚吸过几口的香烟，半截多已烧成了灰烬，但依然冒着烟，烟雾在空中袅袅散发。

“果然……”

长久的沉默之后，桐野说道：

“那孩子没救了，对吧？”

野津没有答话，而是越过桐野的右肩，紧盯着茶褐色木纹墙壁。野津心里清楚不回答就等于是肯定，所以故意缄口不语。

“为什么会这样？”这一次，桐野自言自语地说道。

“这种病很常见。”

“你说一句常见就完了，可碰上这种病的我们该怎么办呢？你不能因为常见就心安理得吧！？”

野津诚恳地点了点头。看来，这种悲痛还没有被桐野埋藏在心里，他还是情绪化。

希望他现在听了解释马上就能够理解，那是绝对不可能的。

又是长久的沉默。猛地，桐野就好像从沉思中清醒过来，坐直了身子，看着野津：

“对不起！我好像有些神志不清……”

说着，他端起杯子就将剩下的白兰地一饮而尽。

“又不是您的责任，今晚我不知怎么了。”桐野拍了拍自己的脑袋，“冒昧打扰，不好意思，今晚就到这儿吧。”

和桐野并肩走出酒吧，野津心里十分沉重：医生这个职业，可是要常常面对这样的难题啊。

十二

第二天仍然很暖和。野津摘掉了一直戴着的手套和围巾，只在西服外披了一件大衣便去了医院。

到研究室换上白大褂，野津直接去了护士值班室。刚一到，保坂祥子就走过来说：

“昨天晚上，桐野亮一的妈妈回去了。”

“夫人，回哪儿了？”

“应该是自己家吧。听值班护士说，她说她出去三十分钟就回来，可后来她却来电话说不过来，而是把家里的女佣派了来。”

“那，现在是女佣在陪孩子，对吗？”

“对。”

“出了什么事吗？”

“大概十点钟，她家先生来了一个电话，接完电话她就走了。”

十点的话，也就是自己和桐野刚分手不久的时候。也许就是在酒吧和桐野分手后，桐野把夫人叫了出来。野津回想起昨晚临别之际，桐野有些情绪的神情。

“那个女佣，是不是叫麻里子？”

“对，她说她见过您。”

“那么年轻，会照顾孩子吗？”

“可夫人说来不了，有什么办法？”祥子话中带刺。

“还是有什么事吧。”

“大晚上突然离开，太过分了。”

桐野亮一仍旧高烧三十八摄氏度，常常会因为痛苦而扭动身躯，有时候痰还会堵住喉咙，真是片刻也离不开人，更何况晚间也要输氧、点滴。不熟悉看护的年轻姑娘，就算熟悉亮一的情况，也不能让人放心。

听了祥子的汇报，野津没有去脑肿瘤患者的病房，而是直接到了桐野亮一的三〇五号房间。

果然，在桐野家打过照面的麻里子在病房。那天，她看起来很像小孩，今天倒是显得有二十二三岁的样子。

“我来替换夫人，昨天晚上到的。”

麻里子口齿清晰，打招呼时下巴有些向前伸。和初次见面给人的印象不同，有些活泼、开朗的感觉。

"夫人怎么了？"

"身体有些不舒服……"

麻里子从搁在沙发上的书包里取出了一封信。

"这是夫人要我交给您的。"

信封是白色的三角形，上面写着"野津先生"四个漂亮的钢笔字。野津看了看祥子，当场拆开了信封。

野津先生：

突然冒昧更换看护人，实在对不起。由于身体欠佳，需要休息两三日。本周末我一定返回，请多多关照。请见谅！

桐野

野津将信纸送回信封，朝麻里子看去："信上说身体欠佳，是感冒了吗？"

"是……"

麻里子点了点头，但态度看上去又不真像那么回事。野津还想进一步询问，可又觉得太过深究显得唐突，便放弃了。

亮一的情况没有丝毫改变。看护日志上详细记载着：凌晨，体温三十八点二摄氏度；昨夜、今晨，呕吐各一次；轻度痉挛一次。

"检查一下吧！"

一说检查，麻里子倒是立刻就开始给孩子脱衣，但她总是不能像夫人那样细心。夫人在时，野津检查孩子的上半身，她就用衣服盖住孩子的下半身；而检查下半身时，她又赶紧把孩子的上半身盖住。

"亮一还在发烧，不能放松看护。一有变化，就赶紧与护士值班室联系！”

野津再三嘱咐，麻里子也一个劲儿地点头，可终究不是孩子的亲生母亲，野津总感觉靠不住。

十三

水江来电话的时候，已是当天晚上七点多。

“我刚才打过电话，可是没人接。”水江的声音听起来有些焦急。

“因为交通事故，有个临时手术，那会儿正在手术室呢。”

“我想和你见面，不知道……可不可以？”

“只是做个穿头术，患者这边没什么可担心的。有什么事吗？”

“也谈不上有什么事。就是桐野夫人，她现在不在医院吧？”

“是不在。出什么事了？”其实，野津也记挂着这件事。

“总之，见面再说吧。你能出来吗？”

“去哪儿？”

“就去上次咱们见面的‘萨比它’，三十分钟后见行吗？”

“好，知道了。”

野津回到办公室，将一杯啤酒一饮而尽，借此润了润手术后焦渴的喉咙，随后换了衣服径直朝北一条走去。

已是夜晚，但仍残留着晌午的暖意，雪地上拂过阵阵微风。与严冬凛冽的北风不同，这是从南方吹来的夹带着潮气的风。风吹过后，雪便会在夜间融化，这预示着春天的脚步正在临近。野津到“萨比它”后不过五分钟，水江也到了。今天的“萨比它”是难得的清静，只有一个怀着舞台剧志向的青年学生坐在右端的吧台上。

两人在靠里的位子上坐下，点了威士忌。

“病人没事吧？”

“有谷村在，不用担心。学会就要召开了，从统计资料到制作幻灯片，有他和我两个人干容易多了。”

“今年要出什么？”

“五年来关于脑震荡治疗的合集。”

野津要了份生鱿鱼片，水江说已吃过饭了，就剥起花生米来下酒。

“对了，桐野夫人怎么了？”

“其实昨天夜里，已经很晚了，麻里子来过电话。”

“那姑娘和夫人轮流照顾孩子，现在应该在医院里吧。”

“是的，那姑娘昨晚去医院的时候已是十一点多了。之前，她在电话里哭着告诉我说夫人的脸肿了，想让我出诊。”

“脸肿了？”

“看样子是被桐野给打的。”

野津正举起的酒杯停在了嘴边。

“听说昨天晚上，你把给亮一做手术毫无意义的事告诉了桐野。”

“这和夫人被打有什么关系吗？”

“有，关系大着呢。”

水江说着，猛喝了一口威士忌并使劲地嚼碎一同进嘴的冰块。

“你说没救了的那些话令桐野深受打击。他是想赶紧告诉夫人的，可天色已晚，他又有些醉了，便把夫人从医院里叫出来，一起回宫之森的家中去了。总之，他已经坐立不安，根本无法一个人默默忍受了。”

“但是，他为什么要打夫人呢？”

“那人有点爱耍酒疯。平时话多，总给人不拘小节的感觉，可全是装的，他是极其小心眼的。和他喝过一次酒，我就看出来了。

只要喝多了就会变得越来越傲慢，简直能成一个牛气十足的讽刺家。他人是聪明，可也有点阴险。”

从昨天酒吧的会面中，野津也能感到这一点。

“我都能想象得出来，一开始他会说这孩子即使做了手术也不会有什么效果这件事，随后就会扯到为何会生下这么个孩子的问题。”

“于是他又埋怨夫人了？”

“他一向高高在上，让人捧着，养成了任性的脾气。当年他从T大建筑系毕业后直接进入大型建设公司，他本能成为一名优秀的建筑师，可他不愿意受人摆布，就自己单干了。他自己干，事业也一直都很顺利，如今他已经是业内顶尖的建筑大师。一个不知挫折为何物的男人，当得知自己身边而且是唯一的儿子将可能成为重度痴呆儿时，他如何承受得了？”

“可我反复告诉过他不是遗传的问题。”

“不管说几次，那都是医学的解释，通常本人不会那么想，总是怀疑父母自身有什么缺陷。但像桐野那样的人绝对不会认为是自己的过错，他一定是用第一流的讽刺口吻，步步紧逼，指责夫人错！”

“难道夫人就没有回敬他吗？”

“像夫人那样的人，只会默默地忍受丈夫的发泄。当然，话说回来，就是反驳几句也解决不了任何实际问题。”

“可是谁也不想生出那样的孩子来啊！”

“是，换了别人会这样说。可她就这么忍着。她可是个外柔内刚的聪明人。但最后夫人刚开口说了一两句，屋里就响起了扇耳光的声音。”

“真的吗？”

“这是麻里子说的，假不了。两人第一次深夜突然驱车回家，让麻里子吃了一惊。说是回家时桐野酒气熏天，夫人掩面欲哭。两人径直走到会客厅，桐野又开始喝威士忌，边喝边埋怨夫人。”

“麻里子都听到了？”

“她说桐野的声音越来越大，怕出什么事，就站在门外听着。”

野津想起了他曾去过的桐野家的会客厅。虽是西式建筑，但内饰都统一于素雅的木纹之下，是一间令人舒适的厅堂。野津曾羡慕过与美丽的夫人一同居住于此的桐野，可那只是旁观者的想法，或许对于夫妇两人来说，那里是一座围绕孩子争论不休的地狱。

“讲了二三十分钟，夫人一言不发，最后说时间到了该回医院了，桐野竟嚷嚷说不要管那个废物。”

“他怎么能……”

“不知是不是出于真心，反正话是说出口了。而且在夫人打算出门时，他怒不可遏地嚷道：‘怕是又想见年轻医生了吧？’”

“年轻的医生？”

“哦，别误会，不是指你。桐野一直怀疑我和他夫人。”水江说着，往上拢了拢垂在额前的头发。

“他还说夫人是因为沉湎于对年轻医生的迷恋中才会生出那种孩子来。”

“这太过分了。”

“是，过分至极。夫人强烈抗议，称绝没有这种事。”

水江脸色有些苍白。

“夫人反驳说你告诉过她不是先天原因，可这似乎更加激怒了桐野，他喊道：‘生出这样的孩子全都怪你，我们家没有残废的血统！’”

“蛮横无理。”

“所以实在无法忍受了，夫人才说这不能全怪我，可话一出口就被抽了耳光。”

说着，水江的眼睛湿润了。

“他连续掴了两三个耳光，幸好麻里子急忙冲进屋阻止了他。”

“那么，你见过夫人了？”

“刚接到麻里子的电话时我恨不得马上奔过去，可天太晚了，我不想撞见桐野，于是打消了这个念头。不过后来桐野很快就出门了。”

“这么说，昨晚宫之森的家中就夫人一个人？”

“嗯，是啊……”

野津的脑海里浮现出在那形如鸟翼的家中，独留夫人空守的单影。偌大的家中，夫人是以怎样的心情熬过那漫漫长夜的呢？或许周围的人无法想象，那是一个人在吞咽地狱的无情啊。

“那么，你今天见到她了？”

“午休时，她来了，是来取湿药布和消肿药的。”

“伤得严重吗？”

“倒不太重。只是眼下青了一块，肿了起来。”

“她是因为脸肿了才不回医院的吗？”

“不单是因为有伤。怕是昨晚她看到自己惨兮兮的模样，已没有回去的心情了。”

当野津刚听说夫人外出而派女佣来看护时，还认为这样未免太随便。后来看完留言，虽能理解，但仍旧心存疙瘩。现在听水江讲述了事情的原委，才觉得对夫人的要求有些苛刻。或许真应该好好体谅夫人此时的心情。

“夫人没有和你联系吗？”

“我听护士说接替看护这事是在今天早晨。今天查房时麻里子告诉我夫人身体不适要休息两三天。”

野津没有说看到夫人留言的事。

“她还是难以对你启齿啊。”

野津一边点头一边想，若不是麻里子去电话，你水江不也不知道吗？

“我早就想听你给个明确的说法，还是不能为那孩子做手术吗？”

“脑组织的实际厚度不过一点四厘米。也不是完全就不能施行手术，只是治愈的可能性几乎没有。”

“但还不等于零，对吗？”

“是的。从以往的经验推出的结论看还不能说完全不能救，但我认为先看成零比较好。”

“是这样……”

“而且，以他现在的体力，做手术很危险。”

水江似乎带着怒气地喊了声“再来一杯”，把酒杯推向了吧台。

“只要稍微有那么点起色，她就会认为孩子是有救的。”

“一个没有胜算的手术，任何外科医生都不会接受。除非那些以赚钱为本的医生倒是……”说着，野津感到自己又在讲些懦弱的话。

“当然现在不做结论也可以。反正作为家长一方希望能做就尽量做，还能求什么呢？”

“但恐怕只能是精神上的安慰。”

“精神上的安慰不也很好吗？反正现在这样下去只会越来越糟。”

“难道让我去杀掉那个孩子吗？”

“胡说！我可没那么讲。我只是想让那孩子的病情能比现在好上那么一点点。这样就会让她相信孩子还是有救的。”

“可这和杀掉那个孩子有什么区别呢？”

“这么下去她实在是很可怜，你不觉得她活得太痛苦了吗？”

野津想想的确是这样。水江倚着吧台，用一只胳膊撑着，沉默不语。过了一会儿，他抬起头说：“我放弃对夫人的念头，只求孩子的病能好起来，她幸福地生活。”水江在学生时代就因为他的率真得了个“幼稚宝宝”的绰号。现在这个男人的太阳穴正在微微地颤动着。

“今天我去送药的时候，看到她捂着肿起的脸颊，一个人孤零零地坐在沙发上一副筋疲力尽的样子，我觉得必须给她些许安慰，就劝她亮一的病还有希望，桐野打你并非出于真心，不要那么悲观。可她几乎一言不发，最后吐出一句‘不想活了’的话。”水江说完，使劲挠了挠他的长发。

“正是病人多的时候我拿着药赶过去，听到她说‘不想活了’的话。我也只是说了声‘请多保重’就回来了。”

说完水江又饮了一口威士忌，攥着手里的酒杯，目不转睛地盯着正前方摆满酒瓶的架子。

十四

短暂的一周晴天之后，雪又来了。三月初的那场大雪带来的积雪已融化殆尽，街中心的柏油路已显露出来，可这场新雪又将路覆盖住了。那些心急的人，如果已经脱去臃肿的外套而换成早春的服装，这时又不得不翻出厚重的大衣重新穿上。

穿梭于街道的出租车也为连续跑了半年、有些磨平了的冬季轮胎重新卷起链条，俨然做好了防滑措施。正是这连日来的降雪又把人们锁进了冬日的忧郁中。

可是，虽说冬季重返此地，但毕竟已不像隆冬那般严寒。飘下的雪带着几分湿气，有些雪的结晶还紧紧连在一起，又沉又大，全然没有隆冬时捧在手中便会沙沙地从指间滑落的感觉。虽然看起来一时间雪又降伏了整个街道，但也能看出不过数日它们都将消融。

桐野亮一隔壁屋里一个名叫冈部的脑肿瘤患者，就在这春雪初降的傍晚去世了。

他是在持续了近十日的昏迷状态后去世的，所以死前和死后，除了心脏停止跳动外，再没有其他显著的变化。

在死亡来临的瞬间，与他长年相伴、精心护理他的妻子脸上的表情，与其说是悲痛，不如说是种解脱。听到父亲病故的消息赶来的长子和儿媳，都只是呆呆地望着，既没有号啕大哭，也没有抚尸哀叹。

野津向患者的遗体行过礼后，便吩咐护士为其擦洗。做妻子的开始哭泣是在野津离开病房、第二次来查看尸体擦洗情况的时候。病人的脸在被酒精脱脂棉擦拭干净后，鼻子、耳朵和嘴等所有有孔的地方都被棉球堵上，最后盖上了白布单。

“孩子他爸！孩子他爸！”妻子在床的一侧紧抱住丈夫的身体拼命摇动，站在后面的孩子们都垂下了眼帘。似乎只有看到尸骸后，妻子才恍然发觉丈夫已真的离她远去了。

野津看完处置的全过程，正欲回值班室，忽然听到走廊后传来一阵小跑的脚步声。转过头一看，桐野夫人站在那里。她乳白色的连衣裙上系了根圆环相连的腰带。

“能耽搁您一下吗？我有话跟您说。”

休息了两日、第三天才出门的夫人，眼眶周围还留着紫青的瘀痕，若想让人看不出来，恐怕还得在未来一周施点浓妆才行。

护士和患者在走廊内频繁地穿梭，野津立刻答道：

“今晚七点，我会去对面的‘榆树林’。”

“可以吗？”

“您去嘱咐一下麻里子吧。”

对于“可以吗”这句话，野津理解成夫人询问不在病房看护亮一可以吗，而夫人的意思是想问问野津有无必要特意去一趟咖啡店。对于野津的误解，夫人在刹那间流露出了诧异的神情，但很快便答道：“我知道了。”

“那么，七点见。”野津又叮嘱了一遍，回值班室去了。

雪好像时停时降。就和十日前降大雪时一样，由于不是连续降雪，即便街道上一时间银装素裹，但转眼就又被无数的车轮和脚步压平，重新露出黑乎乎的车辙和脚印来。

若是在数九寒天，降下的雪定会凝固、堆积。可一丝暖意让天上飘着的雪花很快就又融为泥水，造就出一幅似是而非的冬景。

晚上七点，野津从医院出来时，傍晚曾一度放晴的天空又纷纷扬扬地飘洒起了雪花。雪花从容地、翻滚着似的从空中飞舞而下。夜空是白茫茫的一片，在这懒洋洋的降落方式中，自有一份春雪的闲适。

野津来到“榆树林”时，比约定时间迟到了五分钟。夫人已经坐在里间的包厢等着。

“这么忙还打搅您，真过意不去。”夫人站起身，将大衣搭在手上，招呼着野津。野津认为夫人一向穿着比较正式，今天仍是一件黑底上起着金色纹样的短外褂。

“点过什么了？”

“要了杯咖啡。”可夫人的面前只放了一个盛有水的杯子。

“还没吃饭吧？”

“哦……”夫人似乎不大明白野津想表达什么。

“病房里麻里子在守着吧？”

“是的。”

“那么，晚点回去也不要紧吧？”

野津并没有入座，而是对一旁的服务生轻轻摆了摆手，意思是他们要走。服务生是熟人，没有任何不悦的神情，冲他眨了眨眼点了点头。

夫人显得有些不安，但还是穿上八丈岛特产的丝织雨衣，跟在他后面。

出了店，马上右手边来了辆空车。

“坐车吗？”

“说是在附近，但步行还有点儿远。就是那家在站前大街的‘苏格兰’餐厅，你知道吗？”

“只是听说过。”

“那家的味道不错，我一个人常去。”

车门开了，野津请夫人先上车。

“苏格兰”餐厅位于一幢写字楼的二层。一眼望过去似乎已经客满，好在柱子后靠窗户边还有一个空桌。

“要点儿什么？”

“傍晚的时候已经吃过一点儿。”

“没关系，再吃点儿吧。”

看了菜单后，夫人要了份烤鲑鱼外加一份沙拉，野津则点了炸小牛排和鸡肉虾米饭。

“喝点儿酒吧？”

“我不会。”

“啤酒没关系的。”野津自作主张地要了啤酒。

“真是个不错的地方。”

“把位置选在大楼里，很安静。”

两人中间摆着一盏形如蜡烛的小灯，微弱的橙色亮光柔和地映照着桌子的四周。

与夫人对坐，令野津心绪有些不安稳。为了使自己平静下来，他将目光投向了窗外。透过双层窗，雪夜的街景尽收眼底。

服务员端来啤酒，往杯中倒去，野津和夫人的视线不禁又一次重合在一起。

“来，喝吧。”野津一口气饮进了半杯，而夫人只是轻轻碰了碰嘴唇，就放下了酒杯。

“我已经很久没有在这样的地方吃过饭了。”夫人环顾四周，轻轻地说道。有那样的孩子，不能外出完全可以理解。野津这么想着，点了点头表示对夫人不幸的默认。

“我们在这里坐着，而外面却在下雪，真是不可思议。”

在大厅的正前方有一个壁炉，显得格外明亮。但那不是燃着火，而是在炉子里装了电阻，看起来就跟火在燃烧一样。特别是看到窗外的积雪后再瞧见这儿红彤彤的，人心里就更温暖了。

当野津把视线从壁炉收回时，发现夫人的目光正停留在他的领带夹上。那是夫人送给他的珊瑚领带夹。

“我都奇怪自己会送礼出去，但的确很适合您。”

“我的朋友也都说不错。”

“我只是觉得颜色好看就买了，还担心您不中意呢。”

“凡是别人送给我的东西，我都会好好保存的。”

“是碍于情面？”

“不是，不是的。”

看着野津认真辩解的样子，夫人微微地笑了笑。

“昨天上街，顺便买了条想必适合您的领带。也不知道您喜不喜欢。深绿色的底子上点缀着暗红的花纹，我觉得挺漂亮的。”

仅凭几句形容，野津实在想象不出究竟是什么样的图案。

“我搁在病房了。今天本想带来的，可又怕给您添麻烦……”

“为什么会有麻烦？”

“哦，不……”夫人的眼神飘忽不定，似乎一下不知所措，但马上又说，“买的时候，我只想象着你的脸，没考虑到你的西服。我想今天见面正好可以先看看您的西服，再送给您。”

“是啊，在医院里总是穿着白大褂。”

“或许因为看惯了您穿大褂，看到您穿西服，觉得好像变了个人。”

“看起来很幼稚吧？”

“不，不，觉着有股说不出的亲切感。”

野津没想到夫人是个可与之轻松交谈的人。一直阴云密布的脸上，此时焕发出青春的气息，看起来像个沉浸于幸福婚姻的女人。

“我能冒昧地问你一句话吗？”

“请。”野津点燃了一支香烟。

“您为何还没有结婚？”

“为何？也没什么别的原因。”

“您已经取得了学位，什么时候成家都不会令人奇怪呀。”

“但医生都会比一般人晚一些。水江不也是这样吗？同学中独身的还多着呢。”

“是不是候选人太多，难以取舍？”

“才不是呢，只因为囊中羞涩呀。”

“做医生的，收入不多吗？”

“我到医院工作才两年时间。在大学里取得学位以前是没有工资的，全凭勤工俭学解决温饱问题。”

“这种情况我倒常听说。您一个人又打扫房间又洗衣服的，不觉得麻烦吗？是不是有人帮您干？”

“不，不，没有这样的人。”野津斩钉截铁地答道。

“您自己全部包揽？”

“吃饭问题我在外面解决，床铺嘛，从不整理。”

“真是个伤脑筋的大医生。”夫人微微一笑，叉了块鲑鱼。戴在无名指上的闪亮的白金钻戒更衬托出夫人的华贵。

“再来点啤酒吧。”可能是发觉野津正看着自己的手，夫人端起酒杯说道。

野津伸手接过酒，并没有看夫人的脸，问道：“后来，你见过水江吗？”

“没有。”夫人的声音显得意外地平静。

“我这几天也没见着他，在干什么呢？”

“我不知道。”夫人的脸上曾经流露出的温柔顿时消失，取而代之的是拒人于千里之外的冷漠。

“主任医师什么时候参加学会？”这次是夫人岔开了话题。

“好像是下周五。”

“哦，快了。”夫人看着桌上的灯光，似乎在数着日子。

“星期五去，大概一周回不来吧？”

“回来的时候打算看看那边医院的恢复设施，所以恐怕要等到下下周的星期一以后。”

“这期间，您算是负责人吧？”

“没那么夸张，只是留下来看个门。”

“主任不在的时候，不能做手术是吗？”

“简单的或是紧急的手术还是得做，但一般不做大手术。”

夫人点点头，朝窗外看去。野津心想，夫人到底想说什么？什么时候才说出口？抑或在等自己先发问吗？他悄悄地注视着夫人的脸庞。桌上淡淡的灯光，映亮了夫人的右半边脸，却在左边脸上投下了阴影。此刻，夫人欲言又止，野津几次话到嘴边又咽了回去。

十五

“那个……”野津开口的同时，夫人也抬起了脸。在那一瞬间，两人的目光怯生生地重合在一起。

“你说有事要和我说的，是……”

“我想问问您。”夫人收回视线，仿佛在等待着什么，又沉默了。

“什么事？”野津再次催促。

“就是孩子的事，我还是想让您给他做手术。”

“手术……”

在将脸分割成两半的灯光中，夫人点了点头。

“但是，研讨会上已经决定中止手术了，况且主任这周末起就不在了。”

“因为这个，您就不能做手术了吗？”

“我……”

“如果主任不能做，那最好就是请您做了。”

“但是，这……”

“拜托了。”夫人静静地垂下了头，可以看到脖子上细细的不那么卷曲的发际。夫人的脖颈很白，看着这让人情绪低落的白色，野津有种错觉，仿佛自己是第一次与夫人谈及有关手术的事情。

“我曾说过，以现在的状态接受手术会有生命危险。”

“我知道。”夫人仰视着野津，她眼中映着的桌上橙色的灯光暗淡了许多。

“可我觉得手术越早做越好。”

“是吗？”

“这样一天一天耽误着，我一想到孩子的脑子会这么坏下去，就再也等不了了。”的确，对于每天和孩子朝夕相处的夫人而言，等待是痛苦的，但不能因为这样就随便实施一个可能招致死亡的手术。

“我已说过多次，这种手术太危险，极有可能在手术过程中死亡。”

“这一点我很清楚，但这么下去……”

“如果不做手术，即使病情不见好转，这段时期也不会有大碍。”

野津朝窗外望去，窗外雪花飘舞，玻璃上映着低头沉思的夫人以及与夫人相对而坐的自己的身影。玻璃中，雪花一片一片落在夫人的发上，橙色的灯火在二人之间浮游。

野津一边看着这映在玻璃窗上的情景，一边揣测着夫人的心思。

虽然夫人什么也没有说，但她一定在忍受医生的放弃与丈夫的责怨这双重煎熬。她不肯吐出苦水，只求能为孩子实施手术。

可作为母亲，明知孩子做手术有危险还是执意要做，就显得非同寻常。可见她是铁定了心。野津渐渐认同了夫人的想法。

这么等下去，难免同样会让患者及其家庭接受最残酷的牺牲。这看上去似乎符合所谓延长患者生命的医学目的，但实际上却与患者家庭的意愿背道而驰。

野津突然意识到自己过去的想法是错误的。

不进行手术，看起来是为患者和其家属着想，是出于最人道的考虑，但其实这难道不是作为旁观者的医生的片面之见吗？认真体谅患者一方的心情，即使冒着风险也要施行手术，不才是正确的抉择吗？表面看来是秉着珍爱生命、救死扶伤的人道主义精神，而实际上又隐藏着多少名不副实的残忍的不负责任呢？难道因为保命要紧，就可以袖手旁观听之任之了吗？

然而，野津望着窗外的夜色，又一次陷入了沉思。自己现在真的很冷静吗？是不是因为夫人的央求而产生了动摇？做医生的丧失了清醒的头脑，情绪因为患者家属的言行而波动，就是件好事吗？医生不是应该与患者保持距离，从纯粹的医学角度出发吗？无论患者与其家属如何，医生不都应该忠于“延续生命”的人道主义立场吗？

万千思绪在野津的头脑中翻江倒海，越理越乱。

缓过神来的时候，他发现夫人也在看着窗户。两人的脸同时面对着窗外的夜色。

“你要说的就是这些吗？”

“嗯。”夫人缓缓地点了点头。

旁边席上的客人此时起身离去。那是一对中年伴侣，男方说话时，女方总是报以笑容。望着两人离去的背影，野津想到自己和夫人起初也是谈笑风生。谈及领带、单身生活的时候，他们之间也同样洋溢着轻松的气氛，也不知道从何时开始涉及了如此沉重的话题，这令野津重新意识到自己与夫人之间不过只是医生与患者母亲的关系罢了。

服务员过来撤下了空盘，夫人几乎没吃什么。开始的时候还尝了点，当谈及手术的问题后就再也没动过。大半盘沙拉，都让服务员撤走了。

餐厅来了新的客人，那客人大衣的肩头还落着雪。看样子，雪虽不大，倒也不紧不慢地还在下。

“就这样吧，麻里子还等着我呢……”

夫人略微挺了挺腰板，野津一看表，已经过了八点。

走到外面，还是老样子，雪花漫天飞舞。

“反正顺路，送你去医院吧。”

野津走在前面，夫人稍微保持了几步距离跟在后面。穿过灯火通明的大街，来到大楼间稍昏暗的小道上，两人不知不觉地并排走到了一起。

这周围是政府办公区，八点之后，就鲜有人来往。大楼里还有窗户透出灯光，但在这漫天飞舞、又全部消融的雪花中，一切都那么鸦雀无声。

走过这条路，穿过大楼，就是用铁栅栏围起来的道政府的院落。两人沿着栅栏向西继续前行。雪一面静静地下着，一面又悄无声息地融化着。这是一个能令人感到暖意的雪夜。

两人一路上一言不发。野津想着回家后要再好好考虑一下夫人的话，而夫人好像也尽力在避免多余的絮叨。

前方是黑漆漆的一片，那是植物园里的树林在雪中沉睡。左手边挺拔的白杨在夜空中摇曳。两人在栅栏的缺口处向左拐弯。

街道又渐渐明亮起来，对面驶来的车灯照在两人身上。夫人稍稍向后退了退，走在野津的身后。

穿过单行道，走过一条两旁皆是枯树的小路，一座新建的大楼耸立在眼前。大楼的灯光将周边白皑皑的雪凸现出来。这就是医院。距医院还有二三十米时，夫人在一棵刺槐的枯枝下停住，抬头看着野津："刚才说的事，我能够托付给您的吧？"

这声音在野津听来，就如同飘舞的雪花一般。明知道是眼前的夫人在说话，可总有一种感觉告诉他，这是从零零落落的雪的暗处流淌出来的声音。

夫人的眼睛盯着野津，那是一双又黑又大的眼睛。野津迄今为止从没有见过那么大的眼睛。夫人的目光中一直不停地在表达着什么，那双眼仿佛要拂去雪帘，认真地倾诉。渐渐地，那眼神变成了一种恳请、一种哀求。

"再见。"话刚出口，夫人便低头掉转身，朝着灯光映照下的雪中小跑而去。

十六

野津踏着雪，走在回公寓的路上。步行回公寓大约要花上三十分钟。一路上，野津满脑子想的都是夫人的话。

站在夫人的立场上考虑，希望做手术是人之常情。可对医生来说，这是个可怕的请求。若是轻易答应，说不定就成了杀人帮凶。左右为难之间，他已经到了公寓门前。

野津顺着楼梯上到二楼走廊，发现门边厨房的窗户透出了灯光，记得早上出门时关灯了呀。

"你回来了。"一开门，保坂祥子跑了出来。祥子在绿色的针织衫外又套了件红色的对襟毛衣，比在医院里显得活泼可爱。

"三十分钟前我就来了，见没人，本来打算立刻就走，可管理员看我在外面等着可怜，便开门放我进来了。"

"是吗？"野津一边回应一边脱下外套，祥子忙跟来后面接过去。

“雪都盖住了路，你怎么回来的？”

“走着回来的。”

“从医院回来的吗？”这话问得野津有点不知所措。他正发愣，热毛巾已经递了过来。这屋子与早晨出门时相比，简直是焕然一新，不仅打扫得干净整洁，而且还开着煤气炉，屋里暖乎乎的。

“吃饭了吗？”

“我吃过回来的，你别忙了。”

“我还以为你会饿着肚子呢，就买了寿司。那就喝杯咖啡吧。”

等野津解下领带，换上和服，祥子的咖啡也端来了。

“我加了块砂糖。”

“谢谢。”

野津在临窗的沙发上坐下，浏览了一遍晚报的标题，又想起了刚才的事情。

那双眼睛到底在祈求着什么呢？只是单纯地请我做手术？或是还有别的请示？她说得是那么明白，可野津总觉得话中隐含着更深的含义。

“你有什么心事吗？”

“哦，没有……”野津调整了一下坐姿，啜了口咖啡。祥子观察野津好一阵了，终于正色问道：“我给您添麻烦了吗？”

“没有，没那回事。”

“我们俩好久都没单独见面了。这么跑来是有点冒失，但我是考虑了半天才下决心过来的。”

和祥子约会已是一个月以前的事了。按说应该好好珍惜今天这个机会，但野津还和平常一样，总提不起善待祥子的情绪。

“要是我这样让你为难了，就请说出来。我立刻就会回去的。”

野津点燃了一支烟拧开了电视。画面上，最近走红的少女歌手正在高歌。

“你近来很忙吧？”

“嗯，临近学会了。”

“我知道……”

祥子对自己非常关心，野津虽然不喜欢，但说不上为什么，并没有如实地把这种情绪表露出来。

“您今天见过桐野患者的妈妈了吧？”

野津的脸顿时从电视前扭了回来。祥子正好也在注视着自己。

“你怎么会知道？”

“我只是凭感觉。”祥子把两手合放在膝上，轻轻咬着嘴唇。

“说句不怕您生气的话，您和桐野夫人是不是走得太近了？”

“走得太近？”

“我觉得你们之间已经超过了医患关系。”

“我们只是在讨论病情，有什么不可以的？”

“今天怎么样我不知道，但是从您查房的神情，还有以前……”

“别再说些不着边的话了。”

“但是，我觉得害怕。”

“害怕？”

“我总觉得您会做出什么错事，所以感到害怕。”

“这不是在说傻话吗？”野津极力否认，可“害怕”一词还是印在了他脑海里。

“真的没事吗？”

“再不回去可就打不着车了。”野津此时只想一个人待着，他要再琢磨琢磨今晚夫人的话。

"您生我气了。"

"没有，我只是想一个人待一会儿。"

祥子在原地坐了一会儿，下不了决心是走还是留，站起身，将咖啡杯拿到厨房洗起来。野津则一言不发地盯着电视。

"我回去了。"

野津应声转过头，只见祥子右臂上挽着大衣和提包站在那儿。

"今天谢谢你，下次有空，我们再好好聚。"

祥子点点头，轻声说了句"再见"，关上了门。

十七

四月初，在出席学会的前一天，远野主任检查了脑外科的住院患者。正规的主任查房应是每周一次，于星期一的上午进行。星期五的这次是因为学会在即而进行的临时查房。

查房结束后，野津和谷村在值班室碰头，商量主任不在期间对主要患者的治疗方案。脑外科的住院患者共有十九名。其中问题严重的，一位是患有桥小脑角肿瘤的五十四岁男性，另一位是因交通事故导致头盖骨骨折继而引起化脓性髓膜炎的三十一岁男性。在查房的前一天，从其他医院送来了一位诊断为慢性硬膜下血肿的三十六岁的女患者。前两例由野津负责，后一例交给了谷村。

就临床症状和X射线检查的结果来看，商定仍然对第二例、就是那位引起化脓性髓膜炎的患者施行目前这种程度的强力化疗，达不到化疗效果的时候，就通过手术在其脑中直接插入橡胶管并注入盘尼西林。

对于第一例桥小脑角肿瘤患者，必须在远野回来之前对其脑神经中枢系统进行彻底检查，并搜集详尽的临床资料，以便进一步商讨手术事宜。对第三例疑为是硬膜下血肿的患者，则要通过临床症状、X射线以及脑动脉拍片等予以诊断。一旦确诊，就要实施头盖小穿孔的开颅手术以去除血肿。到时野津将主刀，谷村做助手。

“都安排妥当，就这么定了。”

其他已经确诊、手术后病情稳定的患者，将于每次查房时，在病床上接受主治医生的安排。

“还有，单人病房没什么问题吧。”远野说着，转而望向野津，“小桐野精神还算可以，但按先前说的手术还是缓一缓，如何？”

“其实……”野津为难时的习惯动作就是将手贴在耳后，“我也劝过他的家长，但他们还是难以接受。”

“他们应该清楚手术事关人命呀。”

“这我也说过，但是……”

远野一边扶着下巴一边望着窗外。窗外是残雪覆盖着的群山，在晴空中分外耀眼。野津看着远方冬季的山脉，又想起了一周前那个雪花飘舞的夜晚里夫人的眼神。

那眼神是发自心底的乞愿。不是一时的心血来潮，情绪冲动，是经历了彷徨、迷惑后最终得出的结论。

“原来不是说过，做不做手术，全由医生决定吗？”远野从白色的口袋中掏出支烟点燃。

“起初是这样，可后来担心不采取措施病情会逐渐恶化，所以现在希望手术。”

“我记得讨论会的时候，你的意见是不应该做手术。你是这么对他们说的吗？”

“当然说了，但他们说这段时间体力也在慢慢恢复……”

“可就以现在的情况，还十分危险。”

“嗯……”野津点着头，他知道自打那次会面后，自己的想法就在一点一点地发生着变化。那时他嘴上说不能做，可在心里的某个角落，总有个声音在呼喊应该做，应该做，并不断地蔓延开来。由自己提出来，并且作为院方确定的方案，现在自己却把它改掉，这不是开玩笑吗？从这点就可以看出医生对持续治疗方法没有信心。他虽然承认这一点，但只要一经允许他还是愿意承担这个手术。野津自己都不明白为什么自己的想法会有如此大的转变。

“总之，他们现在才提这事儿，不好办。”远野有些不悦地皱起了两道浓粗的眉毛。

“学会期间，你还要再去劝劝他们。就说医生是不会做一个没有把握的手术的。”撂下这句话，远野把刚吸了几口的烟在烟缸里揉灭，然后出了值班室。

野津在病历上写下批示后也离开了值班室，径直朝桐野亮一的病房走去。

还是不打算手术，主任极力反对此事。野津打算将这原原本本地告诉夫人，明确回绝她的请求。

野津敲响了亮一的房门，里面传来把手拧动的声音，门开了。

“啊……”夫人这声也不知是惊讶还是叹气，请野津进了屋。

亮一正难得地酣睡着。

“刚才，我试着跟主任谈了谈手术的事。”野津似乎先卖了个关子。而夫人有意打破这种气氛，轻声问道：“能给做吗？”

“不……”

“不行吗？”一瞬间，夫人的眼神又变成了哀求的目光，一动不动地注视着野津。一会儿之后像是坚持不下去了才慢慢挪开视线。

“无论如何，都想做吗？”

夫人点了点耷拉着的头。

“哪怕结果是亮一死去，也愿意吗？”野津说完，又再次强调道，“失败的可能性很大。”

“无论怎样，我将受的惩罚都是一样的。”

“受罚？”

“这孩子不管是活着还是死去，我都必须受到惩罚。”

“怎么会呢？亮一得病并不是谁的责任。要怪只能怪命运的捉弄，不是我们所能控制的。”

“您就别安慰我了。”

“这不是安慰。医学是实事求是的……”

“行了。”夫人的眼眶中噙着泪水，但声音仍很清晰，“不管您说什么，我们就是养了这么个孩子，这是无法改变的事实。”

野津终于意识到夫人的悲伤已经植根于她的心中。如何延长人的生命，那是医学考虑的问题，夫人并不是因为这个痛苦。自己生的孩子在这个世界上无药可救，这个简单却又残酷的事实才是根源所在。不是要找病因，也不是背负责任，只是因为自己是这孩子的母亲，夫人甘愿受罚。

十八

这天傍晚，全体医生在医疗部集合。一边在放映带往学会的幻灯片，另一边读着演讲稿，检测两边的进度是否一致。演说正文花了七分钟，而十六张幻灯片显得有点多，但最后还是想办法处理好了。

“好了，一切准备就绪，明天一早得走，就此告别了。”远野说着，向大家鞠了一躬。

“我不在的时候，一切拜托大家了。”

“请多保重，礼物就不用太贵重了。”谷村开玩笑道。

“博多那可是高雅之地，俺们这乡下地方。我看小人偶倒还合适。”

“那也太没劲了，还是带点好吃的吧。”

“你们有吃的就打发了呀。”

远野夹着幻灯片和演讲稿，笑着走出了房间。这以后的十来天，都将不见主任的身影。

“总算解放了。”谷村和野津一起回到研究室。谷村一屁股坐下来，把腿跷在了空椅子上。

学会的准备工作忙完了，又赶上主任不在，这对于两人来说，轻松的假期已经来到。远野不在期间，野津作为代理主任，虽说责任有几分重大，但因为并无大的手术，只要完成自己分内的工作即可，精神上很放松。

“留下的第一件事，一起去喝一杯吧。”

“这个……”

“怎么了？好容易等到我们的天下了，好歹拿出点劲头来。总之，至少就用啤酒给我们垫个底吧。”

谷村从研究室墙边的冰箱中取出啤酒，用放在平底盘里的起子打开盖儿。“已经过五点了，喝点儿没关系。”

手术和实验结束后，在医务室、研究室里喝酒是常有的事，但规定必须在五点以后。谷村倒两杯啤酒，并从自己的抽屉里拿出了鱿鱼干。

“尝尝这个？前阵子我给一个头盖骨骨折的病人做过手术，他是函馆人，给了我这么一大捆。”

“你的储备还很丰富嘛。”

“嚼完这个咱们出去走走吧。”

“我想先问你个事……”野津嘬了口酒，向正撕着鱿鱼干的谷村靠了靠。

“什么？”

“是关于三〇五号的桐野亮一。你在讨论会上说还是做手术好。”

“我是说过。”

“理由是反正这么下去也好不了，是吗？”

“是的，虽说现在不做手术，能活得长一点。可最长也不过能活个两三年。而且以他现在的情形，活着也只是徒有其名，和死了没什么区别。他甚至连自我识别的能力都没有。”

“那是因为他现在还是婴儿。”

“就算长大了，他的大脑发育受到抑制，也不能指望有好的将来，并且还会因双腿瘫痪永远躺着。”

“但他还是活着的呀。”

“你不觉得他即使活着，也称不上是人应有的生存状态吗？”

“这又变成如何对待活着的问题了？”

野津停下刚要撕鱿鱼干的手，调整了一下坐姿。“人虽说也是动物，可终究还是人，必须具备自己思考、自己活动这两项基本要素。”

“那个孩子哪样都不行啊。”

“很遗憾，腿就和你看到的一样，而脑子里在想些什么我们也不清楚。”

“但是，那孩子应该也在用自己的方式，本能地努力求生啊。”

“或许是这样吧。比方如灰尘要落进眼睛里了就自然地闭上眼，热了通过排汗保持一定的体温，送进流食就开始消化吸收。但这是生物体具有的本能，连小猫小狗都能做到，所以我想不能把这些称为是在努力求生。所谓努力是指自己有意识地行动。如果不能自我控制谈不上什么努力。”

“你不认为那孩子在意识支配下的努力有他特有的方式吗？”

“你是指他脑子里的求生欲吗？”

“这我也不清楚。但我们能不能这么设想那孩子有他自己的愿望，并在为之努力。只不过没有以我们熟知的方式表现出来。”

“是吗？”

谷村在自己和野津的杯里倒上了酒：“你的想法太世俗化了。你和常人一样，认为鸟兽鱼虫皆有情。可恕我直言，这未免也有些想过头了。打个比方，看到孩子摘花，大人就会出于对花的怜惜而加以阻止。他们认为花也会流泪，也会伤心。然而实际上花是没有这种感情的。所谓花会感到痛，无非是人们以自我为中心任意附上去的理由。看到花儿被折自己感到心痛，于是想当然地认为花也如此。这看上去蛮有怜悯之心，可若换个角度思考，这完全是由于人类中心的思想占了上风。那个孩子，虽然不可将他同花草鱼虫之类等而视之，但若认为他和我们一样有意识地在求生，就太牵强了。”

谷村的话的确颇有道理。认为一草一木皆有情是多虑了，但若就此断定像亮一那样的孩子就与草木相差无几，真的合适吗？

“那孩子一定有他自己的想法。可能只是无法表达出来而已。”

“是吗？如果真是那样，总能通过某种方式表现出来吧。可对于那些，我们全然不知。”

“但是，他还有个漂亮的小脑袋。”

“有是有，但里面差不多全是水。甚至连前头叶都在萎缩。”

前头叶在大脑中位于大脑前方，额头内部，是意志和感情中枢的所在地。人类就是在前头叶的作用下，表现出喜怒哀乐，激发起前进斗志，从而衍生出千差万别的性格来。临床上，也有精神科的医生通过手术将一些残暴者的前头叶切除，使之变为老实、软弱的人。所以，野津他们时常就用“今天她的前头叶不对劲，当心点”的话来逗那些容易发怒或是过于多愁善感的护士，或是讽刺那些没精打采、表情麻木的同事为“前头叶缺损”。谷村所表达的意思是，对于亮一而言，与人的意志密切关联的前头叶组织远未发育起来，而且今后也不会发育。

其实野津这一周来一直考虑的，也是这一点。他原本认为亮一还并不具备这种意志，可忽然又有一个念头占据了大脑。万一亮一有这种意志，从心底期望活下去，只是无法表达，那又该怎么办呢？虽然作为母亲的夫人盼望着实施手术，但如果这个请求被孩子拒绝，又将如何是好呢？弄不好，自己会成为一个杀人凶手。

“怎么想起来说这件事的？”谷村从冰箱里又拿出瓶啤酒。野津一边拿杯子接酒，一边说：“我一直在考虑，觉得还是应该做。”

“真的是你的本意吗？”

“讨论会上我说了那些话之后，又反复考虑了很多，如果放任这孩子不管的话，就太可怜了。”

“这也是他的家长希望的吧。”

“是的。”

“虽然医学上的事由主任说了算，但碰到这样的病例，我还是赞成做。挑战常人力不能及的事，是我们医生的职责嘛。”

“但是，成功率极低。”

“万一失败也没办法，我想他的家人会理解的。”

“去接受死亡的事实，太残忍了。”

“的确是这样，但只有在那种情形下做手术，积累经验，才能推动医学的进步。”

“你是说把手术当作一次实验？”

“这么说有点极端，可此前的医学不常常是在冒险中取得进步的吗？”

“我不能拿那孩子的生命来做实验。”

“请别误会。我绝没有这个意思。我认为只有手术才能挽救那个孩子。我只是想知道师兄你的决定。”

野津盯着杯中的气泡，沉默不语。

“想好怎么办了吗？”

“这么拖下去，说不准并不是人道主义的行为。”

“我也这么想。”

谷村提高了嗓门回应着。

“做吧。”

“真的？”

“嗯。”野津抱着胳膊，仰望着天花板。夜幕下的天花板，呈现出暗淡的浅灰色。

“如果，发生了意外，一切的责任将会落到我们头上。”

“嗯……”

两人又沉默了。谷村目不转睛地盯着右手杯子里的气泡。野津则把腿跷到另一张空椅子上仰望着天花板。

想做，不应该做的念头在野津的脑中盘根交错。胆怯的声音和恐惧的情绪在其间涌动，万千思绪如旋涡一般，时聚时离，但终归朝着一个方向归拢去。

许久，野津才正过脸，一直等着回答的谷村也抬起了头说：

“但是，主任还是会反对 。”

“下周一我们就做。”

“决心已定？”

“你是赞成手术的吧。”

“当然，当然赞成……”

“主任那儿，由我去说。”

“如果手术失败了呢？”

“如果失败……”野津又想起了夫人的眼睛。那锲而不舍、令人钦佩的双眸里，分明流露出一种对死亡的坦然。那是一种早已准备面对一切的眼神。

“总之，我们下周一做。”野津一边是在对谷村说，一边也是在对自己说，他在鼓励想要逃避的自己。他一面告诫自己不能动摇，而一面却有着一种将要坠入万丈深渊的不安。

“真的要做？”

“是的。”

“那就今天先去联系手术室和值班室。明天是星期六，明天白天检查手术器械。”

“好的。”

“对了，还要通知麻醉科的医生。还有，一般手术器械都用得上，还要特别准备一套亨氏螺钉、各种型号的塑料管、手术钩。”

谷村站起来拿起了桌上的电话，而野津将腿又伸向了一把椅子，仰视着映有黑影的天花板。

“喂，我是脑外科。星期一下午两点要做一个脑积水手术。患者叫桐野亮一，是名八个月的男孩，手术形式为脑室心房髓液交通术。对，是的，由野津医生主刀，明天下午我送手术预定表过来……”

听着谷村高亢的声音，野津在擅自决定后的不安与畏惧中屏住了呼吸。

第三章

一

四月六日，中央医院手术室的今日手术预定栏中告示如下：

脑外科　患者：桐野亮一　　　　　年龄：八个月
病名：脑水肿　　手术方式：脑室心房髓液交通术
血液：200cc
主刀医生：野津　第一助手：谷村　第二助手：植田
麻醉：全身　　　　　　　　　　　麻醉师：古屋

这天早上，野津换上白大褂后就直奔三〇五室，保坂祥子紧随其后。亮一的体温为三十六点八摄氏度，脉搏七十二，一分钟呼吸次数为十九。心音良好，只是右肺还有气管炎的水泡音，但较以前已经弱了不少。心电图正常，肝脏、肾脏也没发现异常情况。昨晚曾经感觉恶心，但并没有呕吐，也没有发生痉挛。身长六十七厘米，体重七千二百克，尽管仍然很瘦，但全身状态良好。

为亮一从头到脚仔仔细细地检查完一遍后，野津将听诊器绕起来塞进白色的衣袋里，看着夫人说：“今天，做手术。”

野津的每个字都掷地有声，而夫人只是一个劲地点头。今日做手术的事，三天前值班护士已通知了她，所以她今天如此泰然，也是正常的。

“下午两点开始。”

“什么时候结束？”

“五点左右，如果顺利的话……”

野津藏在心中的些许不安，使他补上了最后那句话。

夫人郑重其事地把目光投向床上。为配合手术，亮一昨天就被剃了发，脑袋青青的、亮亮的，伴随着呼吸的频率，头皮还微微地上下起伏。

“您先生呢？”

“有些离不开身的事，他去东京了。说是明天傍晚之前会赶回来。”

或许是手术的决定来得太突然了，桐野来不及变更预定的工作。

“手术有相当的危险性，可能出现不测……”夫人点头默许，虽脸色苍白，但不见一丝动摇之意。

祥子等着亮一穿好贴身的衣服并系上睡衣束带，野津先走出了病房。现在是早上的查房时间，走廊里站满了暂时从病房里退出来的看护人员。

“那个人，自己儿子可能会死，她怎么好像表现得满不在乎？”走出楼道后，与野津并排走的祥子这么说道。

“不会满不在乎的吧？”

“但是，她很沉得住气呀。”

“可能是这两天，她下定决心了吧。”

“她好像在以前就说过希望做手术吧。”

“再拖下去，就做不了啦。”

“不会因为夫人求你，就急急忙忙做的决定吧？”

“绝对不是。我考虑再三，才做的决定。”

“主任知道这事吗？”

“你分外的事，就不必多费心了。”

“但是……”祥子没有往下说，只是轻轻地咬住了嘴唇。

查完余下的病房，回到值班室已是九点了。做完对住院患者的一日安排后，十点钟野津又来到门诊。门诊里来的新旧病人共有十来位。复诊的病人先由谷村看。

门诊的走廊里贴着这样的告示：“时值学会期间，人手不够，诊断时间延迟，可能为您带来不便。怠慢之处请见谅。”尽管如此，患者人数仍不见少。

刚看诊了三十分钟，传达室的女职员就来告知说门诊窗口有野津的电话。野津出门一接，原来是桐野伦一郎打来的。

“那天的事太对不起了。”桐野似乎在说前阵子皇冠酒店会面的事。

“哪里。刚才我听夫人说您在东京。”

“是的，有些事脱不开身，昨天就来了。我想明天傍晚前能赶回去……”桐野停了停，又接着说，“这样一来，手术时我就不能在场了，为什么这么急呢？”

“拖下去也不是办法，既然要做就越早越好，所以就这么决定了。”

“是吗？这和以前的说法可不一样。”桐野的话里自然带着一股诘问的口气。

“是这样的，我们郑重地讨论后改变了方案。而且，他的体力也逐渐恢复了起来……”

“现在，主任正在参加学会吧？”

"是的，他在福冈。"

"那么说，手术是由野津先生做了？"

"是的。"

沉默持续了片刻。野津感到了桐野于无声处隐藏的不满。

"那么，你将会怎么办？"

"你指的怎么办是……"

"我听说手术是相当危险的。"

"当然会伴随危险。"

桐野是希望由主任来做手术，只是难以开口。

"没问题吧？"

"我会全力以赴。"

此刻，野津也只能这么说了。桐野好像在思量着什么，又沉默了片刻。

"您还有别的事吗？"

"哦，我本来只是想在手术前，问问大概情况。"

"是这样……"

"总之，一切拜托了。"

"我明白。"

"我明天一定赶回来。"桐野又重复了一遍。野津什么也没说挂上了电话。

二

这天临近中午，突然下起了鹅毛大雪。明明阳光明媚，可半空中却飘着雪云。阳光和雪花交织着，这可能就是"东边日出西边雨"

所描绘的情景吧。

在医院吃过午饭后，谷村和从大学到这儿来做手术助理的植田并排靠在沙发上看报纸。而野津则一个人站着看窗外。

脑积水的手术对野津来说并非头一次。作为主刀医生他就做过五例，作为助手更是有过二十多次的经验。尽管手术对于技术的要求很高，但他还是有信心拿下来。

可此时野津的心不能平静下来。距手术还有几十分钟，他却根本无法像谷村他们那样悠闲地看报纸、聊天。以前即使是自己作为主刀医生握住手术刀的那一刻也没有这么紧张过。他感到甚至连第一次主刀时，都比现在沉着得多。

不过，那时虽然名义上是主刀医生，可总有学长从旁指点。就像在驾校里有教官坐镇身边一样。万一手术中发生了什么意外，学长自然会接过去，如此便有了种安全感。

可是今天没有任何可依赖的人，如果发生了什么不测，一切只能凭自己判断处理。因为这次野津是最高负责人。而且，这是趁主任不在期间，违其意而行的手术。成功了尚且要向主任做一番郑重解释，一旦失败则说什么都无济于事了。

野津望着阳光中纷扬而下的雪花，感到自己即将进行一次非同寻常的冒险之旅。万一失败，自己将亲手断送一个生命。可假若置之不理，又等于蛮横地剥夺了一个本可延续的生命。正因为是医生，所以做这么自负的事好吗?

“住手吧！”这声音仍旧留在心底的某个角落。似乎总有另一个自己在耳边嘀咕:“你何苦冒这个险呢，要收手趁现在吧。”的确，现在想反悔还来得及。孩子虽已接受麻醉的前期处理进入了迷蒙状态，但还未进入完全的全身麻醉状态。只要这短暂的轻微麻醉一过，就马上能回到原先的状态。

将患者送到手术室的时间预定是午后一点四十分。还有十多分钟才到。一旦推进了手术室，麻醉师会立即进行气管插管使之全身麻醉。到那时，想不干都不行了。

雪还在下着。

野津又看了看表，一点三十五分。马上就要进手术室洗手了。或许取器械的护士已经开始这项工作。

突然，野津的视野中，晶莹的雪花四处纷飞，夫人与桐野的脸庞交错其中。夫人静静回过苍白的脸，桐野则屏气凝神目不转睛地向这边注视着。

如果现在罢手，那将是多么轻松啊。无须被不安折磨，无须被胆怯困扰，还能悠然地享受午后的棋局。但为何要放弃这一切，甘愿承受困苦呢？野津自己也搞不清楚。时间马上到了。两三分钟后就没有退路了。时针指向一点四十的时候，不管成功与否，都只能是硬着头皮向前冲了。

事到如今，不能由自己说“中止”的话了。如果话一出口，不只是会成为嘲笑的对象，所有的医生、护士也会一齐冲你发泄道：“都这个时候了……”而且，如果现在不干了，事前所有的准备都会成为无用功，自己也会被认为是个举止善变、缺乏自信的医生。

然而一想到能从一个亲手终结了生命的手术中逃离出来，就觉得中止并非一件困难的事。忍辱负重地中止手术，说不定正是在挽救亮一呢。做这个手术真的是人道主义的行为吗？夫人和桐野表面上盼望做手术，会不会并非出于本意呢？

可是，在彷徨与迷乱中，又有一个近乎灰心的声音在告诉他：“行了，就这么着吧。”如果失败，将会跌入万劫不复的深渊。对此，野津深感恐惧。可转念一想，说不定跌进深渊后，倒是一个让人心中安定的所在呢。唉，不行就不行吧。猛然间，野津只觉得胸中豁然开朗，产生出一种将烦恼抛诸脑后、超然顿悟的心境。

现在，野津盼望的就是时间能快点儿过。他盼着赶紧到一点四十，好让麻醉师开始进行气管插管。那样就能让自己再无反悔的余地，下定决心勇往直前。

据拳击选手讲，在宣布大赛开始的钟鸣响前的几分钟，最让人讨厌。是近身打短攻，还是保持距离打对攻？比赛中自己是会被打倒，还是会没有耐力坚持下来呢？所有的担心与不安都会在头脑中掠过，只期望越早鸣钟越好。只要钟声一响，余下来的只有作战了。一切杂念都将被清除得干干净净。

此刻，野津的心情和开赛前的拳击选手分外相似。他盼望早点鸣钟。钟声一响，进入手术室，就能潜心做手术了。

雪还在以同样的姿态下着。雪花飞舞的源头，可见清朗的碧空，真是奇妙的天气。

身后似乎有人站了起来。

“走吧。”谷村对植田说。

野津的目光离开窗外，投向医务室的挂钟。分针突然一震，指向了一点四十分。

“野津医生，我们先去手术室准备一下。”

“我也去。”此刻，野津清清楚楚地在心里听见了钟声的鸣响。

三

手术室在东楼的二层楼梯口处。野津穿过三层来到东楼，下楼梯后走向手术室。

中央手术室入口的大门，只需轻轻踩一下地板上的按钮，就能自动开启。靠近入口处摆有一张长椅，是门诊手术时为在外等待的护理人员设置的。一般来说，照顾病人的人员只能在此等候，除了医生和护士，其他人等谢绝入内。

野津下楼梯欲进手术室时，发现一位女子正站在长椅前，那是桐野夫人。

夫人随患者移动床乘电梯来到手术室门口，她像是在和孩子告别似的，手里握着孩子那件白色法兰绒睡衣。

野津停下脚步看着夫人。

现在已经没有什么特别要说的了。一切准备就绪。

夫人的脸上依旧显露着痛苦的表情，还有那无限乞求的眼神。

“那么，我进去了……”野津以眼神示意，踏启了自动门的按钮。

中央手术室里有六个手术间，按预定桐野亮一在二号房间。手术时能拍摄X射线，还能启动人工心肺装置，是手术室中设备最齐整的房间。

洗完手，换好手术服，野津进入手术间，麻醉师也已插好了管子。

亮一被固定在手术台上，赤裸的身子微微向右侧着，同时左侧的颈部朝上探出，是接受手术的姿势。或许是身体太小，难以固定在手术台上，于是亮一的腹部和背部被白色胶布绑在了皮枕上。他的口中插入了通往呼吸道的使之全身麻醉的胶管，因此，他的脸被遮住了大半。亮一双眼紧闭着。压在侧身正面的右手手腕被固定在手术台边凸起的台子上，输液用的粗粗的针头插入了他幼小的胳膊里。或许是麻醉已起了药效，紧张的肌肉变得松弛的缘故，平时呈握拳状的亮一的小手也渐渐松开，只是手腕部分被固定了起来。

“这个姿势可以吗？”

“颈部还能再向上抬一些吗？”

“再高的话，就会阻塞呼吸道，麻醉药很难进去。”麻醉师古屋答道。

“好，就这样吧。”

“手术大概要花多长时间？”

“我想大概得三小时。”

“三小时呀。”麻醉师听后，思考着什么，面露难色。

“从脑室到心脏都要用胶管连通起来，怎么说都得花上三个小时。”

“可他身体这么弱，才做了个气管插管。血压就降了二十。”

麻醉表的血压显示已降至正常范围的临界点六十了。

“要是一小时的话我这边应该没问题，时间再拖久的话我可就不能保证了，超出我的责任范围。”

“我们会尽量快速进行的，总之拜托了。”

“失血量你们估计会达到多少？

“如果顺利的话，两三百毫升。万一切开颈静脉向心脏插入胶管时，伤到血管，那就……”

身体的血液约为体重的十三分之一，如果流失了三分之一，就会因失血过多导致死亡。亮一手术前的体重为七千二百克，其十三分之一的三分之一应为一百八十毫升。如果弄伤动脉，血将会很快涌出。虽然肯定会输血，但一下子也难以补回喷涌而出的血量。以他现在如此弱的抵抗力，不用说三分之一，就是失去四分之一的血量，也会有生命危险。

“怎么决定要给这样的孩子做手术呢？”麻醉师流露出明显的不满。手术开始后，只要病人在接受手术，麻醉师就必须施行麻醉监视和控制血压、呼吸以至全身状态。他将凭借这些工作最先察知死亡的危险，并全力以赴地采取救护措施。

“要是这么耽误下去，只会延误手术时机。”

“但他实在太虚弱。”麻醉师的氧气监控指针轻轻地摆了摆。面对着一个有可能在手术中死去的患者，麻醉师似乎提不起干劲。

“直说了吧，我认为他挺不过三个钟头。”

“强行要手术的是我们，责任也当然由我们负。总之，就拜托了。”

明知有危险还是下决心手术，现在这关口也不可能罢手了。钟已鸣响！野津再次给自己鼓劲。

麻醉师似乎也豁出去了，开始测血压，观察氧气指数。

谷村和植田并没在意野津他们的争执，他们为亮一盖上消过毒的被单，只露出头的左半边和从颈到肩的部分。无影灯在视野区照射出直径十厘米的圆圈。

此时的亮一没有一丝的抵抗。野津他们的工作在明亮的手术室中鸦雀无声地进行着。

为什么要做手术？野津的脑海里又冒出了同样的疑问。就这样置之不理，姑且还能活下去，强行做这个危险的手术，真有必要吗？做出这个决定和主刀的都是自己。万一失败，岂不是自己亲手杀了亮一吗？亮一的身体常常表现出活下去的欲望，自己却与其意愿背道而驰。野津闭上眼睛，似乎要清空头脑中的各种杂念，然后又睁开，空咳了一声后说道：“手术刀。”

器械科的护士马上递去了手术刀。野津背着手接过刀后，即用刀锋比着亮一的颈部，用另一只手找准颈动脉的脉搏。手指按下后，触着了节奏正确的跳动。要找的颈静脉应该就在这搏动着的动脉的正上方。

“好，开始吧。”

手术室里的时钟指向了两点十分。隔着手术台，野津的正对面站着谷村，右边站着植田。手术需要的一切都已经准备就绪。

“拜托了。”医师间互相行礼。麻醉师与护士也如此这般。在口罩的遮挡下，大家的声音显得含糊不清。

无影灯下，手术刀闪闪发亮。亮一苍白的皮肤上出现一道浅白的划痕后，立刻，鲜血无声地涌了出来。

谷村拿着夹有纱布的镊子将血拭去。

退路已经完全封死了，只有向前。奇怪的是看到血后，野津的心反而镇定了。

四

手术使侧颈部的颈动脉露出后，又在耳后的侧后脑部切了一道约为一点五厘米的开口，然后从此处向脑室插入穿刺针。这项操作与气脑造影时的操作相同。

针进入脑室的部位要替换成胶管。接下来将这根胶管的另一端通到头皮下，再从露出颈静脉的部位引出来。

时间在一分一秒地过去，到此为止只需慎重而行，还不是最困难的。

野津显得十分冷静。全神贯注之间，他竟忘了这是桐野夫人的孩子了，也忘了自己是水江的熟人。

终于胶管插入了脑室，并通过耳后的皮肤从颈静脉的部位钻了出来。这项操作完成后，时钟指向三点十分。手术已进行整整一小时了。

“擦擦汗吧。”旁边协助的护士拿着纱布站在野津身后。野津又检查了一遍，确认胶管准确无误地插入了脑室后，才转过脸去由护士为他擦去额头上的汗珠。

“让我换下手吧。”植田似乎一直在等待野津的动作停下来才说。人的手以同样的姿势，朝同一方向持续牵引二十分钟以上，就会发麻。植田松开了神经钩，稍换了一下姿势后又继续拉着。

主刀者进行的是一项稍有差错即能导致患者死亡的危险操作，所以紧张得忘了时间。而此时，对正用神经钩支开创口、确保胶管畅通的助手而言，却常因为这连续、单调的作业而心生无聊之感，有时甚至会因为感到过于乏味而睡着，不经意间操作失误伤到血管导致大出血的事故也偶有发生。

手术中主刀者须保持高度的紧张自不待言，然而在单调的作业中保持紧张以备不测则是助手的职责。

“还需要多长时间？”麻醉师一边压着往肺里输送空气的袋子一边问道。

接下来的工作是用刀切开颈静脉，然后插入另一根管子，经上大静脉直抵心脏。到达心脏后，再与从脑室插入的穿过头下皮肤的胶管接头。而后缝合打开的静脉和皮肤，手术结束。

“大概还需要一个半小时。”野津答道。一个半小时是指进行得顺利的情况。若不顺，恐怕还要花上两个，或两个半小时。随后要进行的是将管子插进血管的步骤，就须得特别谨慎。

“不能更快点吗？”口罩下传来麻醉师有些焦躁的声音。手术前说过只保证一小时不出状况，而现在这一小时已经过去了。

“他身体状态并不好，请您尽量快一点儿。”

“我明白。”

麻醉师再次坐到手术台前的椅子上，戴上听诊器开始量血压。

“接着来吧。”野津的声音似乎在鼓舞谷村和植田。大家的目光又回到了手术部位。

无影灯下露出的是亮一的左颈部。纺锤形的创口中央，两根粗粗的血管好像相互重合似的伸展着。离表面皮肤较近，带有几分黑色的正是颈静脉，藏于其下的是颈动脉。动脉较静脉略微偏红，如同蛇在痛苦时翻滚扭动一般，以一定的节奏反复搏动。

只要用手术刀扎一下这搏动的动脉，顷刻间将会喷出五六十厘米高的血柱，数分钟间血压骤降为零，那真是死神光临。就是这根搏动着的血管，它可是由脸部向大脑各处输送血液的重要途径。

野津为了不损伤颈动脉，让谷村向右移动下拿着的神经钩，以便颈静脉凸显出来。静脉壁与动脉不同，它薄且易破。将氧气和营养送到脸和脑后返回的血液在其中流淌。因为这是含有二氧化碳和废物的血液返回心脏的必经之路，所以它不具备动脉那样的壁垒。

但是它只要一有损伤就会迅速地走形，变得难以缝合，而且会不断地向外渗血，有时候甚至比动脉受伤的后果更严重。

全神贯注，不可急躁。野津一边提醒自己一边确定静脉的走向。眼下的这条血管从位置和形状来看都应该是颈静脉。光用眼看不行，还得用手指再度确认。

“好的。”野津点了点头，谷村在一旁拿着夹子做好了准备。

“是这块儿吗？”

“再稍微朝上点儿。”

即将切开的静脉上方必须先用夹子夹住。这样一来，即使打开了血管壁，也能知道出血量。万一出现不能缝合的情况，由于事先已用夹子结扎，也可防止出血致死的情况发生。

“好了。”随着这声信号，谷村手中的夹子固定在了静脉上。静脉里的血瞬间停止了流动，不一会儿变得如丝带一般平整。

“手术刀，尖刃的。”这次用的刀比划开皮肤时用的更细、更锋利。野津右手握刀，左手用镊子提起血管。

“要切了。夹子怎么样？”

“没问题。”谷村再次确认了夹子的固定情况。锋利的手术刀垂直立在被镊子挑成帐篷状的血管壁上。当微微能感觉到绷紧的血管壁有破裂的反应后，就会看见略微发黑的静脉中有血流出来。但是更多的血被固定在上边的夹子所拦截，只是在伤口附近淡淡地渗出些血珠。

“好的，管子。”

“来了。”

野津从反应迅捷的护士手中接过了管子。这是根直径为二点二毫米的硅制管。为了能让X射线检测它在体内的行踪，管的头部附有铅。

硅管缓缓地从开凿在血管壁上一厘米长的裂缝向静脉里插入。

由于夹子咬合得很好，血几乎没渗出来多少。野津一边观察一边将壁管继续往下伸。

这手劲既不能太大，也不能太小。太小管子进不去，太大了又会伤着血管内壁。为了不伤及血管，硅管的头端被做成了圆形。可即便这样，还是每有弄破血管的事情发生。如果某处血管破裂，自然会引起出血，而且硅管还会伸出血管外，在胸腔周围肆意扭动。

野津小心翼翼地几毫米一歇地向前推进。因为血管是蜿蜒伸展的，硅管也须相应地曲线前行。因此保持从容的心态十分重要。

行进路线由外颈静脉开始下探，经过锁骨下静脉，下大静脉，最后到达心脏。

通过预先拍摄的X射线照片来推测，颈静脉至心脏的曲线距离为十五点五厘米。

伸进几毫米后就停一下，待没有检查出异常后再继续推进。进展极其缓慢又不能有丝毫焦躁的情绪。野津支着硅管，谷村擦拭管口渗出的血。植田则用神经钩拨开旁边的肌肉和皮肤。为了确保手术部位的准确，他动都不敢动。

手术室笼罩在紧张的气氛中，鸦雀无声。麻醉师以每分钟十八次的频率按压空气袋以输送氧气。只有这张合之声如潮水一般在屋中回响。

“稍等一下。”麻醉师站了起来，“血压正在下降。”他赶紧调快了输血速度，并在点滴中加了升压剂。

难道是硅管的方向出了差错？野津的脑中掠过一丝不安。如果是血管破裂引起出血，那血压将会急剧下降。若是破损位置在看不见的胸内，那手术将无法继续下去。

野津屏住呼吸瞧了瞧麻醉师。注入升压剂后，麻醉师正在检查呼吸，测量血压。

血压究竟为多少？野津其实极想打听，却还要努力克制，故作镇静。万一血压很低，那么事到如今已无计可施。他又想往外拉动硅管，可是已插入的部分怎么也退不出来了。

据硅管上附着的刻度显示管子有五厘米已插入静脉中。静脉长得并非畸形，根据事先按 X 射线照片做的计算来看，现在硅管的先头已抵达锁骨附近的地方。

一开始就明白手术本身是没法重来的，唯有知难而进。

“请继续。”麻醉师从耳边摘下听诊器，抬起了头。

“行了吗？”

“血压很低，但还不至于……”

野津在口罩下微微松了口气，又重新操起了硅管。

“请尽量快些，他现在就像在超低空飞行。”

“再等会儿就行了。”野津握着硅管，用一种安慰的语气对麻醉师说着，接着又开始了单调的、令人疲倦的作业。或许是心情焦急，他感觉时间竟是那样漫长。然而工作时又切不可心急火燎。如果心太急，硅管就可能插到心脏附近的其他血管里，便会引起与心绞痛发作时相同的症状，瞬间导致死亡。

他依旧是小心翼翼地，沿着血管壁几毫米一歇地向前推进。虽说速度很慢，但硅管却是扎扎实实地向下延伸着。

又过了二十分钟。麻醉师再次站起来，仔细地探视着创口。虽然他蒙着大口罩，仅凭眼睛还难以观察到他的表情，可那双眼睛中明显地写着焦虑。

野津佯装没看见他的眼神，继续插着硅管。看上面的刻度便知，硅管马上就到心脏了。麻醉师又从椅子上弯下腰，测量起血压。

硅管上的刻度走到十点五厘米时，野津才稍稍吐了口气。看看墙壁上的挂钟，四点十五分了。手术已经进行两个多小时了。

很显然，绵长的手术对这个幼小的身体没有好处。刚才，麻醉师低头注视手术部位，好像是在看硅管的推进情况，实则是想敦促野津早点儿结束。

硅管已伸进了十一厘米。再加把劲!

五

“医生，现在换成我了。”

野津转过头，只见原来站在身后的拿器械的护士换成了位圆脸小个的。新来的护士虽用头巾绾起头发，还戴着大口罩，但看她眼里的神情，便知这是曾经一起工作过的吉川护士。

“嗯，知道了。”野津戴着口罩的头点了点，马上又将目光返回手术部位。

按规定，无论是病房的护士还是手术室的护士，下班时间都是四点。四点一过，就要换成值夜班的护士。若是四点到了，手术室护士所参与的手术仍在继续时，则按情况而定。短时延长还将奉陪，可要是看样子得超过三十分钟以上的话，就要和夜班护士交接了。

拿器械的护士和医师一样，都是手术队伍中的一员，因此途中换人总不是件令人喜欢的事。可夜班护士就站在旁边，总不能说不许换班这样的话吧。医生与护士所属的指挥系统不一样，现在也没办法了。

无论是取器械的，还是从旁协助的护士全都换人了。而医生则不能更换，必须坚持到最后。

护士的换班，让野津确切知道已经过了四点半。也就是说手术已经进行两个半小时了。

硅管的前端距心脏只剩下二点五厘米。越是接近心脏，危险就越大。稍有差错插进别的血管，心脏就会即刻停止跳动。

野津的额头上又渗出了汗珠。光脸上的汗就擦了五次。野津是个瘦高个儿，从未像这样流过汗。平时做三个小时的手术，一般就擦一次汗，最多两次。今天居然擦了五次，真是少见。其实，野津并不想如此频繁地擦汗，因为这样一来，似乎是在告示大家此时他心中的紧张。然而汗却在额上聚集着，甚至从眉毛和眼周渗了出来，在眼前晃来晃去，模糊视线。这还不打紧，万一埋头手术时汗水滴到创口上，那就麻烦了。

“您擦擦汗吧。”围在身后的护士说道。但是野津并没有应答，只是继续做着手术。聚精会神的时候，连回头擦汗都嫌麻烦。护士也能理解这种心情，没再说什么，只是等待医生的回头。

然而，额上的汗的确是越积越多，在无影灯的照射下晶莹的汗珠闪闪发光。

“医生，您的汗……”护士实在是看不下去了，又提醒了一遍。那汗珠似乎是稍一摆头，就要落下的样子。野津没办法，只得转过头去。站在台阶上的野津弓着腰，护士则踮起脚，仔细地从额头到眼周，甚至耳后都擦了一遍。

分秒必争的野津又把目光转回手术台。硅管已插入了十四厘米，应该马上就要到达心脏的入口处了。

三双口罩上方的眼睛一齐注视着野津手中的硅管。谁也没有出声，只有麻醉师按压空气袋的声音在单调地重复着。先前一直没有要求擦汗的谷村的额头上也渗出了汗珠。或许是被这三人紧张的表情所感染，护士连“擦擦汗吧”都不敢说出口了。

“还没完吗？”又过了五分钟，麻醉师再次发话。然而三个人都全心投入在手术上，谁也没有回答他。既不想回答，也没有工夫回答。麻醉师沉默了一会儿，终于还是从口罩里传来一声急躁的咂嘴声：“还有多久才完？”

“马上。”野津拿着硅管的一端答道。

“再不快点做完就麻烦了。”麻醉师的声音里分明充满着抱怨。

“不是说了，快好了嘛。”谷村替野津说道。

“刚才就一直在说快了，快了。已经三个小时了！”

大家都默然了。

“再这么下去没等手术做完就死了！”

“闭嘴……”突然，谷村嚷了起来。手中握着夹子满脸尖刻，针锋相对地看着麻醉师。

顷刻间，麻醉师被这突如其来的反应弄得目瞪口呆。虽然是亲耳听到，但一时仍无法相信这声吼叫是冲自己来的。

手术通常需要外科医生与麻醉师的协调合作，只有相互配合才能发挥出最佳水平。可就在这最后的紧要关头，外科医生却冲着麻醉师发脾气，况且谷村还是古屋的师弟。这下该如何是好，护士们都在惶恐地注视着。

“我只是在说很危险，很危险。”麻醉师的声音有些颤抖。

“对不起，还有二三十分钟就能结束。”野津为了缓和这紧张的气氛开口说道。麻醉师刚才还是一副气冲冲摘下听诊器就要离开手术室的架势，但被野津这么一迁就，还是又在麻醉器前的椅子上坐了下来。

说是只管一个小时，可眼看就拖到三个小时了，麻醉师的怒火也并非无缘无故。主刀者的注意力只放在手术部位，而麻醉师则十分清楚全身状态正在恶化这一事实。想必手术进行一小时后就是在如履薄冰了。

然而心脏的入口处就在眼前。在这紧要关头，竟还被执拗地问着还剩多久，的确是令人恼火。当时真想冲他嚷一句：“没看见我们忙着吗？”

当第三次遭到责问时，说实话野津也恼了。只是谷村抢在他前面发作了，他还太年轻，无所顾虑。

如果当时野津发火了，手术就只能到此为止了。主刀医生的责任感迫使他强压怒火。

“擦擦汗吧。”护士们似乎也是为了打破这种僵局，挨个儿替谷村、野津、植田擦了汗。

“好，再坚持会儿就行。”野津想提提大家的情绪，继而又拿起了硅管。谷村默默地用镊子夹着纱布为伤口拭血，植田换了只手又继续牵引着神经钩。

手术室里又恢复了平静，但残留着争执后不和谐的余味，只是再没时间相互纠缠了。

硅管又向静脉深处钻了进去。屋里回荡的仍旧只是麻醉器的空气袋那如同潮水一般来回膨胀与收缩的声音。只要空气袋以每分钟十八次的频率不断运动，亮一的呼吸就会被强制持续着。即便他的心脏停止了跳动，因为肺里有输入的空气，吞吐的动作就不会停止。

野津看着他身上被切开的创口，不由生出一股悲悯之情。

自己如此惴惴不安，慑于失败，与麻醉师争执，纵容谷村发怒……到底是要干什么？脑子里只想钟声一响就必须向前，可哪里才是前进的方向呢？想着想着野津突然觉得自己干的事竟是那样缥缈。

这恐怕是一场没有胜算的战斗。既然明知会战败，那么现在不是在硬闯又是什么呢？精神在备受折磨，情绪在饱尝考验，自己现在到底在干什么？难道这是一场以展示生命的消失为目的而上演的戏剧吗？

明知没有结果，为什么自己要如此竭尽全力？还要振作精神，坚持下去吗？是什么驱使自己在白费力气呢？

是因为想要杀死……

突然，这句话如闪电般在野津的头脑中一划而过。“这怎么可能？”打消了刚才那句话，没一会儿，同样的念头重又袭来。

硅管插入静脉的入口处，又有新的血渗了出来。血像蛇芯子一般灵动地左右摇摆，并在淡粉色的肌肉间缓缓扩散开。

忽然，野津在这鲜红的血中看见了夫人的脸。那是张美丽却哀伤的脸，在窗外漫天飞舞的雪花中那张脸正注视着自己，似乎极力想诉说什么，不是通过声音，而是那双眼睛。

“野津医生……”

谷村的声音使野津重新缓过神来。

“怎么了？”谷村有些诧异地看着野津。一时间，野津的脑袋一片空白，手上的动作也停了下来。

“啊……”野津支吾着。左右晃了晃脑袋，似乎是为了抹去夫人的影子，然后重新拿起了硅管。

六

桐野亮一的手术于下午五点二十分结束。从两点十分手术刀划进皮肤开始算起，到结束为止整好花了三个小时十分钟。

作为脑室心房髓液交通术这样复杂的大手术，所花的时间不算多也不算少，差不多为平均值。

然而，在麻醉师看来，这个时间早已超过了危险界限。

手术结束时，亮一的血压高压为三十，低压不明，体温为三十七点二摄氏度，脉搏微弱，且频繁出现不整脉，全身没有意识，处于昏睡状态，瞳孔反射也很迟钝。显然，在经历长时间的麻醉和手术的侵袭后，亮一本来就孱弱的身体更是陷入了危险状态。

“怎么样了？”

“我是无话可说。”对于野津的提问，麻醉师没好气地答道。在这话语中，明显包含着对这次长时间手术的不满。

“我倒是想拔掉呼吸道的插管，可他还没有恢复自主呼吸，除了等待，也没别的法子了。”

粗大的呼吸道插管由亮一的口中伸进喉咙里，麻醉器里的空气就是通过这根胶管送进去的。尽管手术已结束，但亮一仍未恢复自主呼吸，所以也只有利用麻醉器强制使其呼吸。

手术中持续的输血，现已换成含类固醇的葡萄糖液，以一分钟三十滴的速度从脚脖子处的血管中输向全身。

总之，还没有恢复自主呼吸，就不能送回病房。

亮一平躺在手术台上，头、额和颈部都被绷带紧紧地裹着，只留下鼻子周围的部分。

野津凝视着这张脆弱而又苍白的脸，然后一步一挪地进了更衣室。

一种几乎要瘫倒在地的疲倦此刻正在野津的全身弥漫，而他在手术中竟全无察觉。三小时持续站立引起的肉体疲劳再加上紧张带来的精神疲惫，让野津感到一阵眩晕。虽然几度让人擦去了脸上和脖子上的汗，然而从腋下流到胸部的汗使得皮肤和手术服紧贴在一起，十分难受。

野津在大学就喜欢高山滑雪，即使在训练中也没有流这么多汗。当了医生后尽管锻炼的时间少了，但他的身材仍属于清瘦一类。同龄的朋友中早就有开始发福的，而野津还不见这种迹象，倒是今天前所未有地汗流浃背。

野津来到更衣室，脱下沾满了血和汗的手术服，扔进衣筐，然后简单地冲了个澡。若是平时他一定会悠闲地在浴缸里泡上许久，而后去办公室好好地喝上一杯啤酒，但今天这样的心情荡然无存。麻醉师还在手术室守护着，器械呼吸还在持续，自己岂能独享清闲?

野津在莲蓬头下冲了冲汗水，用毛巾蹭了蹭头，换上件平时外科医生穿的白大褂。他点了支烟，但只吸了两口，便匆匆揉灭走出了更衣室。

二号手术房，“手术中”三个醒目的红字依然亮着，大门紧闭。

野津进到房间，亮一仍未恢复自主呼吸。

“现在怎么样？”

对野津的询问，麻醉师并未作答，只是仍在思考着什么。数分钟后，就在跨出隔离手术室自动门的一刹那，野津看见左手边正站着一位妇人。

那妇人站的位置位于光线的死角，十分灰暗，但野津还是立刻知道那就是桐野夫人。

“结束了吧？”夫人从黑暗处跑了过来。

“二十分钟前结束的，但现在非常虚弱，还不能马上转回病房。”

“不要紧吧？”

“现在的情形……”

夫人微微点点头，望向长长的走廊，夜色中的病房一间连着一间。

“您还是在病房等着吧。”

“好。”夫人这次十分干脆地同意，说声“谢谢”后，拿着亮一的睡衣走向了楼梯口。

七

桐野亮一被送回三楼的病房，已是又过了两小时，接近七点四十五分的事了。

虽已恢复了自主呼吸，但极其微弱。因随时都有气管闭塞的危险，只得又在喉咙的中心部做了个气管切开术，并包上了白色的纱布。

亮一右脚的静脉里插着注射针头，包含止血剂和升压剂的补液正在快速滴下；右手腕上卷着血压计；床头摆着大号的氧气瓶和吸引器；搬过来以备紧急情况的苏生器则搁在了窗边。

从病房门口看去，床上的亮一似乎被埋在器械与无数根管子中。

然而血压仍在三十至四十之间低迷徘徊，脉搏也是微弱且不稳定。

基于现在这种状况，能尽的努力都做过了。无论是设备还是输液都已经最大限度地做了一切最好的处理，但亮一对此是否还存有反应能力却不得而知。

野津指示值班护士每十分钟为亮一测量一次血压，并观察其状态，然后表示自己今晚将留下来。

“我也留下来。”一头乱发的谷村不甘示弱。

“没事儿，我一人守，和咱们俩守都一样。”

“话是这样说，可手术时我也在场，也应有责任呀。”

“不不，手术是我的擅自决定。”

“今晚回去，反正也只是在冰冷的宿舍里睡觉，我还是留下来吧。”

经他这么一说，也找不出拒绝的理由了。植田是从大学医院来做助手的，理应要回去，野津与谷村决定留下来。

“你先去吃饭吧。”

“那你呢？”

“我还得再待上一会儿，看看状况。”

“那我也再待会儿吧。”

“行了行了，吃完了再来换我。”

“那我一吃完就来换你。”谷村轻轻地低下头出了值班室。

亮一的呼吸仍旧不稳定，血压持续在很低的四十左右，依然处于病危状态。

野津坐在值班室的沙发上，想象着亮一死后的情形，一种莫名的恐惧与严峻似乎正向自己逼来。如果亮一真的死了，主任和桐野会说出什么样谴责的话来？同时他感到，或许只有夫人能理解他的心情。

三十分钟后，谷村回来了。

“我来换你。我在这儿守着，你去办公室休息一会儿吧。”

“那就拜托你了。他的呼吸还很微弱，苏生器就这样先放在病房里。”

“知道了。”

野津回到了办公室。他在医院前面的食堂里打了份鸡蛋包饭，可连一半都没吃下。本以为下午经历了三个多小时的手术，出了几身汗，平日外卖送来的一份饭肯定会不够吃，不想今天竟这么没有食欲。

吃完饭后，他沏了杯茶喝。正饮着，电话响了。一接，是水江打来的。

“手术怎么样？”

“反正结束了……”

“不大好是吧？”水江的声音一下子低沉了。

“血压很低，呼吸也不稳定。今晚想法子渡过难关。”

“桐野不在吧？”

“去东京了，说是明天傍晚赶回来。”

“即使万一有情况，之前也回不来是吗？”

“嗯。”野津的脑海中又重新浮现出桐野的身影。因为紧张的手术和术后处置几乎把他给忘了，可这的确是一件重要的事。

“今晚你留在医院？”

“离不开人。”

“我也来帮忙吧？”

“不必了，谷村也在，没事的。”

“嗯，医生多了也未必能帮上忙。我一直在家，有事尽管叫我。”

“谢谢。”

“夫人怎么样？”

“怎么说呢……”

“是不是惊恐万分？”

“那倒不至于。”

“若是孩子就这么没了，夫人的处境就糟了。求你想想办法帮帮她吧。”

“我自然会尽力。”

野津刚放下话筒，电话就又迫不及待似的响了起来。

“野津医生，请您马上到桐野的病房来一下。”护士的声音显得很慌张。

“出什么事了？”

“他的呼吸停了。”

“我这就来，快叫谷村做人工呼吸。”

“正做着呢。”

野津一把抓起脱下的白大褂冲出走廊直奔病房而去，从医疗部跑到亮一的病房没花上三分钟。野津赶到时，谷村正用手掌按着亮一的胸口在做人工呼吸。

“怎么回事？”

“痰堵住了喉咙，用吸引器吸了，但随后突然……”

“好，我来吧。你去准备苏生器。”

“血压？”

“不明确。”护士夹着听诊器回答道。

“往点滴里加麻黄碱，并加快点滴速度。”

一旁的护士立即赶往值班室去取装注射器的药瓶。包括祥子在内的三个值夜班的护士也放下其他病房的病人，一齐集中到亮一的病房里。静悄悄的住院大楼里，只有三〇五室灯火通明，犹如工厂一般忙碌。

谷村把轻便式苏生器搬到床边。

野津将苏生器的罩子对准亮一的嘴，并调节氧气的输送量。只要一按“开”，就会同麻醉器一样，促使其强制呼吸。

随着发动机低微的轰鸣声，亮一那白得能透过光线的胸脯，随着苏生器的张合鼓起来又瘪下去。这是和亮一的意志毫无关系的呼吸。

凭借苏生器使其呼吸安定后，野津又用听诊器听了听亮一的胸部。肺里的水泡音比手术前更大了，心脏伴有杂音且经常心律不齐，因此脉搏几乎触摸不到，只有用力压住手腕内侧时才可勉强摸到，然而只是颤颤巍巍地抖着，似乎马上就要停止一样。

血压测了两次，仍然不明确，好像在三十上下能听到搏动音，但仍无法确定。

长时间手术的消耗，将呼吸与心跳这最基本的体力也连根拔去了。另外，从颈部插到心脏的胶管对身体的影响也不容忽视。

“往点滴里追加类固醇！”

护士把注射装置都搬到了病房，听到吩咐后立即打开药液瓶，往点滴中加入了新的注射液。谷村一直盯着苏生器的氧气分压，野津则目不转睛地观察着亮一的状态。

时间在一分一秒地流逝着。一旁的护士不时地抬头看输液瓶，流露出不安的神色。现在，医生也好护士也好，都无法采取任何积极的措施，他们能做的就是在做完该做的工作以后，静静地等待亮一体力的恢复。因为无事可做，时间竟变得那样难挨。

从亮一的呼吸停止到现在已有二十分钟了，或许是苏生器的强制呼吸和点滴的药效发生了作用，心脏的搏动开始稍稍加强，不用力按压也能轻轻触摸到脉搏。亮一的脸虽然仍同死人一般苍白，但现在已经能确切知道血压是三十了。

九点钟。尽管亮一的心音仍十分微弱但似乎已经能看见一丝转危为安的预兆。野津在体温表中七时三十分的地方写上血压三十，然后对谷村说：“我留下来看着就行了，你回办公室休息吧。”

“我没事儿。”

“今晚注定是个不眠夜了，趁能休息的时候休息一会儿吧。”

仅仅轻咳了两声就导致呼吸停止，可见情况还很危险，需要随时采取措施。现在应该趁他暂时平缓下来的时候去小憩一阵。

“好吧，我在办公室里，有情况就叫我过来。”

谷村给亮一系上做人工呼吸时解开的衣服纽扣，出了病房。护士们知道野津将留下来守着，也都各自回值班室做事去了。

病房里只剩下野津和夫人。野津在苏生器前的圆椅上坐下，夫人同刚才一样，手轻轻扶着额头一直坐在沙发上。

亮一的心音已经安定下来，但自主呼吸仍很微弱，且只能腹式呼吸。野津又拿起血压计测了一遍血压，仍为三十，不过脉搏音已较为清晰。

病房内静得出奇，只有苏生器的声音，如同绵延的微波一般持续着。手术开始到现在已快七个小时了。

八

野津从椅子上站起来，朝身后的窗外望去。夜色中白雪纷飞，而街远处的上空则一片通红。窗户的玻璃里，有一张床，一个孩子在床上睡着，旁边摆着氧气瓶和点滴瓶，后面还映着夫人的身影。

野津看着这玻璃窗里的景致，忽然对这种寂静产生了一种奇妙的感觉。在这里体会不到亮一于生死边缘徘徊的紧迫感，整间屋子都洋溢着安详的气息。

这时，从走廊的另一端传来几句模糊的说话声，接着便是笑声。闭灯前一刻，还从邻近的病房里传来电视的声音，或许是调错了音量，声音刚开始很大但马上就小了下去，旋即便消失了。

野津把视线从窗外收了回来，夫人像在等待似的也抬起了头。她似乎一直在想着什么，两眼充满了红红的血丝。

“怎么了？”

“不，没……”夫人只是摇摇头，在她垂下眼眸的那一瞬，额头上的伤痕在光的反射下格外明显。野津又一次测了血压，听诊器里的搏动音能听到四十了，自主呼吸略有加强。这么下去，应有恢复的可能性，但还不能掉以轻心。

抽下听诊器，野津又看了看夫人。她仍然用手挡住额头低垂着脸。野津看着那雪白的手上光滑的指甲，蓦然间，又想起同样的问题：为什么做这个手术？然而这个想法只是在野津的脑海里一闪而过，因为他已没有力气想太多的事情。接着，又是一阵无言的空白。

十分钟后，响起了敲门声，进来的是保坂祥子。

“桐野夫人，有您的电话，从东京打来的。”

夫人抬起脸，却朝野津望去。那眼神带着几分胆怯，又似乎在寻求支柱。

“请便。”听到野津的话后，夫人点了点头，说声“对不起”后出了门。

“刚才有桐野的亲戚来说想要看看，该怎么办？”保坂祥子看看半敞开的门问道。

“几个？”

“三个人。”

"告诉他们现在不行。"

"我已经贴出了谢绝会面的告示。"

"这样就好。"

祥子正欲回去，可突然停下来望着野津说道："我，突然想到……"

"想到什么……"

"那个夫人，会不会是想让她的孩子死去……"

"你在说什么？"

"没，我只是突然有这个感觉。"

"你也不想想现在是什么时候。"

"对不起。"祥子垂下头走出房间。屋里只剩下野津，他检查完苏生器的氧气压后，又朝窗外望去。

中午手术前飘的是鹅毛大雪，到了夜间，严寒的空气把它们变成了细雪。

人来客往的市中心倒不至于，但这寂静的医院周边，到了明日一早，必定又是白皑皑的一片。

在这个沉寂的雪夜里，和一个因为自己而被死亡追逐的孩子待在一起，野津有一种如在梦幻中的感觉。

门开了，夫人回来。夫人进屋后，双手叠放在门后的把手上，对野津说："您能去接一下电话吗？"

"我？"

"他想问问您孩子的情况。"

夫人脸色比出去接电话前更苍白，更紧张。

野津用鸣音器将祥子呼了过来，叫她在亮一的身旁守一会儿，然后进了值班室。

"野津医生吗，情况怎么样？"拿起听筒，桐野的声音立刻涌到耳边。

“现在问题不大，但还难说。”

“难道会有生命危险？”

“这个……”

“我乘明天中午的车回来，这之前不会有事吧？”

其实能坚持到明天下午的可能性只有一半。

“怎么，不行吗？”

“您还是尽量早点回来吧。”

“情况这么糟，是不是已经不行了？”电话那端，桐野的声音在颤抖。

“但我现在赶不回来，难办，真是难办。”

野津沉默不语，桐野紧追不舍地问道：

“如果孩子死了，你打算如何解释？”

“我会竭尽所能以求万全。”

“好吧，我不会放弃的。”

“我明白……”野津对着电话低头行了个礼后挂掉了。

回到病房，只见夫人趴在沙发上，没听见声音，只有单薄的肩在轻轻抽动。

野津来到床边，祥子使了个眼色后离开了房间。野津再次测量了血压和呼吸，都和上次的结果完全一样。

野津听着夫人的呜咽，望着雪白的墙壁。

夫人和桐野之间，刚才到底有过怎样的争执？他想问个究竟，但转念一想，问了又能怎么样呢？现在除了在此好好看护亮一，还能做什么？

夫人的呜咽声还在耳边。野津又拿起听诊器。血压仍为四十，但较以前明晰。亮一双眼紧闭，脸上依旧毫无血色。

现在，野津要考虑的问题实在太多了。为什么这么急切地动了这个手术？如何向远野主任说明这一切？如果亮一死了，要怎样向桐野解释才能求得他的理解？是否今夜就应该给远野主任打个报告？但最令他不解的是，为什么自己要承受这残酷的制裁？种种严峻的问题一齐向他袭来。

然而左思右想，野津也没理出个头绪来。他既担心这些麻烦会找上门，又灰心地认为既然发生了也就顺其自然吧。

现在再如何思量、反省也无济于事，该来的就让它来吧。正是这份洒脱的心情支撑着濒临崩溃的野津。

晚上十点多钟。亮一出现自主呼吸已有一小时了。然而脉搏依然微弱，脸色仍很苍白，只有嘴唇泛起了淡淡的血色。野津检查完后，摘下了苏生器。氧气袋鼓动的声音消失后，留在病房内的只有更深的静寂。

夫人停止了呜咽，却还是将脸埋在沙发的一端。

十一点钟，野津和谷村交班，交代了继续保持点滴和氧气吸入后，离开了病房。

将要离开时，夫人不安地悄悄地抬眼望了望野津。流泪后补过的妆愈发衬托了夫人的憔悴。

“我会一直在办公室。”野津对夫人留下这句话，走出了病房。

九

六小时后，也就是清晨接近五时左右，亮一的病情再度恶化。此时，野津已第二次和谷村交班到了病房。

这次和上回一样，是痰堵住了呼吸道导致的呼吸麻痹。这不是偶然事故，而是伴随抵抗力的逐渐下降产生的结果。

野津再次装上了苏生器，并在点滴中加了升压剂，都不见任何效果。亮一的血压已降至三十以下，即将无法测量；心音极弱，时而完全停止；自主呼吸早在十分钟前就已消失。手术开始到现在已过去了十四个多小时。孩子的身体在经受了漫长的考验后已是筋疲力尽，对所有的处置都已没有任何反应。死神真的在一步一步逼近。

五点十分，野津听到了微弱而快速的心音，但是不足一分钟，那声音就消失了，其后心脏仿佛依依不舍似的又拍打了两三声就完全听不见了。

苏生器仍然还在往肺部输送氧气，呼吸仍在继续，然而这不过是器械在凭借电力一厢情愿地努力，与亮一的生命已毫无关系。他的心跳已经停止，只有肺在无望地抽动着。

野津再一次将听诊器抵到亮一的胸部，确定心脏停止跳动后，按动了苏生器上“关”的按钮。

瞬间，持续了十几个小时的氧气袋张合的声音戛然而止，只剩下死一般的静寂。

清晨五点三十分。

窗外，天已放晴，蒙蒙亮的天空下，被白雪浅浅覆盖的街道还在沉睡。

野津缓缓地将听诊器离开亮一的胸部，笨拙地卷好塞进了衣兜。然后向站在床对面的夫人鞠躬并低沉地说道：“孩子走了。”

夫人默然伫立着，一动不动，眼睛一眨不眨地呆呆地望着窗外。

野津拿布单盖住了亮一袒露的胸脯和脸。看到这一切，夫人压抑良久的情感终于喷薄而出。她用脸颊紧紧贴着亮一缠满绷带的头，撕心裂肺地抽泣着。亮一的身体还被各种插管包围着，夫人的抚抱，使插管的金属部分互相碰撞，摇摇欲坠。

“让他舒服点吧。”野津走到亮一跟前，从口中拔出了与苏生器相连的气管插管。可在拔的时候，孩子似乎有点不乐意，被插管牵引着的下颌一个劲地摇摆，然而这都与孩子无关了。

护士也拔掉了插入亮一右臂静脉的注射针头，解下了绑在左上腕的血压计。救命的器具被一个一个解下后，孩子似乎真的变轻松、舒坦了。

解完器具后，护士又用酒精棉静静地为亮一擦拭鼻孔和嘴唇四周。

夫人在床边看着这一切，眼中噙满了痛苦的泪水。

被母亲、医生、护士细心看护的亮一，如今既没有呼吸，也没有心跳，一动也不动了。孩子挺拔的鼻梁向上耸起，双眼紧闭，浓密的眼睫毛在苍白的脸上投下淡淡的疏影，头部胀得很大。八个月大的孩子，甚至连识别母亲的能力都没有，却如同大人一般，仿佛为自己能逃脱残废、智障的字眼而感到如释重负了。

“小亮！”夫人拼命摇晃着亮一幼小的肩膀，似乎想把他唤醒。见他无动于衷，便趴在他胸口上失声痛哭起来。

此刻，夫人肆无忌惮的哭声与孩子平静的遗容形成了鲜明的对照。野津看着这一幕，才突然发现一切已经结束了。

现在的野津，把对手术的懊悔、如何向主任及桐野做解释和自己擅作主张草菅人命的责任都统统抛到了脑后。本应胆怯、恐惧的他，当现实真的来临时，却显得异常地平和与镇静。事到如今再如何惊慌错乱、忧心忡忡也于事无补了。

终于，夫人的呜咽像被剪断的丝线一般终止了。等待了许久的新一轮寂静又向病房袭来。

夫人如同在倾听这幽寂一般，望着窗外刚刚泛起的鱼肚白，突然似乎想起了什么，她将孩子的双手挪到胸口上，并让双手合十。

孩子尽管已失去了所有的生命特征，但身体仍未僵硬，小小的指头被一根一根地交叉起来，搁在胸口上形成一个祈祷的姿势。

夫人如同采花一般小心翼翼地做完这项工作，两次看了看孩子的面庞，站了起来。

野津隔着床看着对面的夫人。她泪痕斑斑，一脸的茫然若失。

“好了……”夫人轻声低语着，是说给自己听的，也是说给野津听的。

野津从这简单的话中感受到夫人此时难以言表又不可遏制的悲伤，他垂下眼说了句：“盖上吧。”

护士似乎在等待夫人停止哭泣，听到吩咐后，马上用白色的布单遮住了亮一的脸。亮一的脸看不到了，只能见到凸出的额头和鼻子在平展的白布单上突出来。

野津吩咐护士们处理完善后工作后立即与办公室联系，随后他又向着亮一的尸体鞠了一躬，转过头来朝夫人轻轻点了点头便走出了房间。黎明时分的走廊依然处于沉睡中，窗外天色微明，大地上的白色也随之渐渐地明亮，伸向远方。

昨天为做手术，是下楼梯，现在要回办公室则需朝着相反的方向而行。野津一边望着窗外朦胧的天空，一边用力地踏着每一个台阶。

十

这天十点，亮一的尸体将被搁进灵柩，由灵车护送回宫森的家中。

灵柩是幼童用的最小号，但一身缟素的亮一躺在其中，却仍显得空空荡荡，于是用病服和枕边的玩具填充。死后六小时，亮一的脸上已全无血色，下巴下方及颈部周围，已渗出黑色的死斑并正在扩展。

亮一的寿衣过于肥大，从宽松的袖子里伸出的双手合掌放在胸前。手上挂着黑白相间交错的珠链。直挺挺地向上的脸，念佛一般合十的双手，都因身体的僵硬而被定形。

野津最后一次向灵柩内的亮一行了礼，转身望着站在身后的夫人。夫人的旁边站着前来帮忙的麻里子，还有亲戚模样的五个人。

“给您添了很多麻烦。”夫人望了一眼野津而后缓缓地低下头。或许是泪已流尽，夫人的脸上看不见泪痕，只有憔悴。

“结果成了这样，真是太对不起了。”

“不……”夫人的嘴微微抖动着，似乎欲言又止。

直到亮一的尸体出了医院，桐野还没能赶回来。即便他乘早上第一班车离开东京，到达千岁时也快九点了，然后乘车飞驰至札幌也得花上一个钟头。或许桐野得知实情会直接从机场返回家。

在医院里没有见到桐野，野津是又庆幸又不安。如果桐野赶来，定是抚尸悲恸欲绝，而后也定会将发泄的枪口直指野津。在电话中野津早就察觉桐野对自己不经主任批准擅自决定手术的行为抱有不满，而今孩子又在桐野不在的时候死去，自己更是罪加一等了。

野津思忖，面对着夫人和孩子的遗体，再加上桐野以多少有些偏执的语气来诘问自己身为医生的责任，那就太难堪了。对患有重度脑积水的病人实施插管手术这件事，尽管从医学角度而言没有任何差错，但如果是造成了失败的结果，那么所有的一切都会成为让人火大的麻烦事。现在这样还是不见面为好。

但野津又想，如果现在不和桐野见面，就无法向他说明亮一从手术到死亡的整个过程，不讲清楚总显得太不负责任。可事已至此，自己的辩解会不会被别人认为是逃避责任的借口呢？而且在这个时候又怎么能坐下来好好谈话呢？

不过，此时野津最渴望的是休息。从昨夜到清晨，一直在为亮一紧张忙碌，确定死亡后又进行了一系列善后处理以及填写死亡诊断书等事宜，好不容易去值班室小睡了一会儿，也不过两三个小时。八点又被叫起去查房，接着又出门诊。

彻夜的辛劳并不至于把人累垮，而从三个小时的手术开始，亮一一直在生死边缘徘徊，却以失败告终的结果，使野津的疲惫中包含了太多的无望，这才是最沉重的打击。

十点半，灵柩被抬出了病房。野津送完他们一行，又回到门诊诊治余下的患者。然后才回到值班室，拿出棉被，就这么一直睡到天黑。

十一

第二天，一直下着雨。

前一天铺在地面上的薄薄的雪很快开始融化。每一场雨后，雪的领地就少了一块。街道路面和大楼的屋顶上，几乎已看不见雪，只有朝北的楼房下和两座楼间的小道还残留着一些。象征隆冬的白色正在消失，它们都被推挤进了黑洞洞的下水道中。

郊外泥泞的道路自不必说，就连柏油马路上也积了不少的雨水与雪水，每当车辆驶过都会溅得车身上满是污水。穿着套装的女性只要一看到车辆向这边驶来，便会惊慌地让到道路的另外一侧，而车辆此时也会减慢速度。穿高跟鞋的女性遇到水坑往往是踮起脚尖走路，或者拽住恋人的手一跃而过。

街上行驶的车辆都披着一身茶褐色的脏衣服，只有风挡玻璃上雨刮器划过的范围是干净的，看起来就像一对白色的大眼睛。

楼房的外壁和路边的宣传栏也都沐浴在泥水的飞沫中，灰不溜秋的。

冬天的脚步已经远去，春天正步履匆匆地行在来时路上。这段污浊的季节是迎接新春的不可或缺的前奏，这就是北国的宿命。

不紧不慢的雨持续下了一整天，终于在第二天午后停了。

由于昨晚充裕地睡了个好觉，野津感到身体的疲劳已经消除，可仍没有摆脱精神上的疲惫。或许原因多种多样，但最大的莫过于自己亲手结束了一条生命的事实。而这个事实是想尽各种理由都挥之不去的。

野津一想到这件事就恨不得把自己的手给砍掉，仿佛只要割掉了他抓过亮一的血管、拨开过其皮肉的双手，就能从铁一般的事实中逃离一样。草菅人命的罪名压在他身上，而且重量与日俱增，令他喘不过气来。

还有一事也令他忐忑不安，那就是他还未将桐野亮一的事告诉主任。原本是想在手术前向主任说明，以求得他的支持，可还是没有下定决心踏出这一步。犹豫不决时，想的是反正主任不同意，好歹先做了再说；做完后又想做都做了，等他回来再说也不迟，于是就一直拖了下来。现在亮一已经死了，又安慰自己说远野过两天才能回来，也不急于打报告嘛。野津明白，虽说主任不在期间一切交由自己负责，但若出了重大事情还是得马上向主任汇报，可是这件事实在不知如何开口，也就一拖再拖地推到了现在。

这天傍晚，雨过天晴后的斜阳柔柔地洒进了研究室，野津正整理着桐野亮一的病历，这时水江来了电话。

“听说他们今晚在北一条的瑞胜寺守灵，明天十点在那儿开追悼会。”

"瑞胜寺。"

"在圆山附近的二十五段。你要去吗？"

"有这个打算。"

"昨晚我去吊丧，桐野的情绪十分激动。我只是出面联系了一下，他不依不饶地责备我说，'全是因为你，孩子才会死去'。我想你要是去见着了桐野，恐怕不会就这么简单。"

"但是……"

"虽说患者已经去世，但不是每名医生都要去守夜。我去是因为亮一出生后我们就有联系，而你用不着。作为医生应尽的礼仪你已在病房行过了，这就足够了。"

"可弄成今天的结果我有责任啊。"

"行啦。总之，这次的事情是你不得已而为之，这一点我已反复向桐野解释过。"

"我都不知道是不是不得已而为之。"

"手术也做过了，事到如今请你别把没有把握这个情况说出来。不管怎么说你的处理在医学上也没有错误。"

"说的也是……"

"就这样定了。迟早桐野会去找你讨个说法的，不如那时候再好好谈，现在他的情绪很不稳定。"

水江或许十分害怕桐野与野津在守夜的地方见面后，会引起极其难堪的争吵。

"夫人怎么样了？"野津感到似乎好久都没见着夫人了。

"听说因为贫血正在家休息，昨晚我也没见着她。"

"情况很糟吗？"

"我想应该没事。她从前就有低血压，现在亮一刚死，她怕是因为劳累加悲伤，一下子病倒了。”

水江的话也有道理，可野津总觉得夫人和桐野又争吵过。

“好了，今晚就别去了。”

“还是不去为好啊。”

“如果真要去，也要好好地跟桐野讲明，拜托了。”水江停了停，又说，“哼，说句不该说的，这下子恐怕正合了他的意呢。”

“谁？”

“谁？桐野呗。”

“呵，可不能这么想。”

野津放下话筒望着窗外，雨后的晴空中仍残留着乌云，其间透出两缕耀眼的斜光。野津看着这还未完全放晴的天空，呆呆地想着自己刚才为什么要立即否定水江的想法。

十二

接下来的两天都是阴天。报纸上说赏樱的前线已抵达东京附近，但北国的樱花还迟迟未开。

在野津看来，这个冬天是那样慢条斯理，久久不肯离开。晌午，当他看到投进来的久未谋面的阳光时，仿佛这才发现春天真的来了；而一到晚上，回公寓时，每每看到沿山的田地和路边堆积的残雪时，便又感到冬天还在驻足。昼时春季，夜时冬季，两季交织变换的日子就这么持续着。

就在驱散阴云、春光明媚的这一天，远野开完学会回来了。

这天清晨，野津起了个大早赶到医院。一到便马上进研究室换了白大褂，去办公室等待远野出现。

医院里规定的正式上班时间为九点，远野总会迟到二三十分钟。在普通的公司职员看来，这样似乎很散漫，可因为手术的拖延或是研究工作，远野也经常八九点才回家，可见他并不按时上下班。

大约九点十分，远野来了。野津等到那阔步向前的脚步声消失在前面第二间的主任办公室后，就拿起桐野亮一的病历，敲响了主任办公室的门。

“请进。”野津应声而入。远野一边在屋内的衣橱前脱下西装，一边微笑着说：“哦，辛苦了。”或许是这十来天一直被南方的阳光滋润着，远野比出发前黑了，但长长的脸显得愈发精神了。

“都还好吧？”

“这个……”

“哦，坐。”远野在贴身的衬衣外套上白大褂，一边系着衣领上的纽扣，一边从皮包里取出一个圆圆的包裹。

“这是给你们带的特产，我想这比那些甜食好，这可是云丹酱腌制的河豚。”

“谢谢。”

“住院的病人都怎么样？”

“其实……”野津悄悄地把握在右手中的病历放到了桌面上，然后如同读文章一般一口气说，“三〇五号的桐野死了。”

“死了……”远野顿时惊讶地看着野津，片刻后拿起桌上的病历。病历的封面上写着桐野亮一的姓名、住址和监护人姓名，还有就是在下面的“转换期”一栏中，赫然用红笔写着 Gestorben（死亡）。

“怎么回事？”

“给他做了手术。”

“谁做的？”

“我。”

远野急躁地翻起病历，从手术开始一直看到术后情况及救治的记录。

野津两手放在膝上，双眼一个劲地盯着地面，汗涔涔地流着，等待着远野的数落。

远野轻锁双眉，依次翻阅着病历，眼神则不及刚才那么严峻了。想必他对术后的处理并不存在疑义，只是对野津擅自施行手术的行为耿耿于怀。然而恰恰是在这一点上，野津没有任何辩解的余地。

终于，远野抬起了眼，点了一下头，然后将病历放回桌上。

“你知道自己都做了什么吧？”

“嗯……”

远野那犀利的褐色眼睛正注视着野津。

“开研讨会时，我记得你是反对的呀。”

“是的……”

“你违背初衷，过早地结束了一个孩子的生命。”

说到这儿，远野没有继续讲下去，而像是在考虑着什么似的朝摆有书架的那面墙壁看了过去。

“如果不做手术，他还能活下去。”

野津本已豁出去让远野厉声责骂个够，而远野的语气却异常沉稳，仿佛要让他自己也听清每一个字似的。不知情的人听他的讲话是那样若无其事，而野津则感到在他平静的语调中潜藏着比大发雷霆时更深的愤怒。

长时间的沉默后，远野把目光转向野津。

“有一事非问不可。你为什么中途变卦，决定做手术了呢？”

“是我擅作主张，对不起。”

“我当然知道。我要问的是，为什么，你明明清楚后果，还要不顾一切地做这个手术？”

“这……”到底是为什么，野津也反复问过自己。那孩子反正也难治好不如通过手术试试，如若任其发展，即使活着又怎能称得上是真正的人呢？人应该积极向上地生活，如果让他在那种状态中生活，不是很残忍吗？人不能为活着而活着。让他那么生活下去绝不是人道的做法。面对危险勇于挑战，勇于承担自己的责任，难道这不才是真正的人道主义吗？那些只为生存而忙碌的行为，看似人道，实则不正是逃避责任的表现吗？为多延续一天生命而努力，多么冠冕堂皇的理由啊，实际上不过是一条最简便的逃脱路径。他们选择这种想法，只是因为这会使他们的良心得到安宁，做一个使病人苟延残喘的懒惰医生，这实在太容易了。他们难道不是在打着人道主义的旗号，做着完全相反的事吗？

“我后来还是觉得应该做。”省去了思考的过程，野津只表明了自己的结论。远野手持烟斗看着野津，换了个坐姿后说道：“所以你就把那孩子的生命当作儿戏。”

“不，绝没有这个意思。我是想尽力挽救他。”

“想归想，可我们现在还没有治好他的能力，没有治疗的希望，你懂吗？”

“虽然如此，但若不去管那个孩子他就会……”

“我知道你要说什么。但是，或许那个孩子情愿那么活下去，你又怎么能说他是想死的呢。你说尽管危险也应进行手术，可你有没有想过，如果他死了，理亏的是你们活着的人，你们就成为杀人元凶了。”

“嗯……”野津低吟着，对远野这番话这样的回答既不是肯定，亦不是否定。他此时才发现一个恐怖的声音正向他逼近：“死者已不能复生了。”

远野又拿起病历，看着“转换期”一栏中的红字“Gestorben”。

“手术的好坏暂且不论，你不要忘了，是你的独断决定了一个人的生死。”

远野说完后站起身，低声说了句：“回去吧。”把病历扔在了野津面前。

十三

这一天，野津在值班室和门诊几度与远野碰面，远野都一言不发。其实，野津还有不少关于留守期间各种问题的处理情况，必须向远野汇报，只是苦于找不着开口的机会。午休时，野津终于找着了一个机会，可远野总是缄默不语，只是在非说不可的时候，才以“星期二手术”“点滴”之类简单的词语来回应。远野这种冷漠的态度一定是因为桐野亮一这件事。

谷村不安地望着远野与野津，作为这起问题手术的助手，远野对他也是不理不睬。

“看来，他相当生气啊。”下午的主任查房结束后，一见远野出了值班室，谷村便嘀咕道。

“接下来，以他一贯的风格，应该骂我们‘大笨蛋’了吧？”

“我看不见得。”

“那么就是‘再回去给我啃书本’啰。”

“也不会。”

“再怎么说他也是主任，很快就会忘记的。”

谷村耸了耸肩，而野津觉得这次不同以往，恐怕远野不会轻易饶过他。

度过了周末，新的一周开始后远野从表面上看似乎忘了桐野亮一的事情，又恢复了平时的笑脸。

傍晚，在草草结束了症例讨论会后，远野就着买回的酱河豚一边喝啤酒，一边谈起了在此次学会上众人的反响。

尽管此前已发表过多篇研究脑震荡的论文，但大都因为媒体的大肆渲染而煽动起患者过多的恐惧情绪，因此大多数论文都提议延长治疗，而此次正好相反，所以反响很大。

因为一起小的冲突事故就称自己得了脑震荡，趁机攫取赔偿金的患者正在增多，因此，这种现象除医学问题之外也正日益成为一个社会问题。这次学会上，要求医生自身加强反省，慎重对待的气氛很浓，同时也请报刊媒体加强舆论监督。

“说到脑震荡这种事，最无聊的怕是死拉硬拽逼人家住院的那些唯利是图的医生。”远野苦笑着。然后又分别介绍了各大学和医院在学会上发表的内容重点。症例讨论会结束的时间，整整比平时晚了一个小时，已经七点了。

“烦劳你们在家辛苦了这么久，一起去喝一杯吧。”沐浴过南国春光的远野的脸，此时又红又黑，还透着几分醉意。三人麻利地换上西装，决定出去喝两杯。

他们先去的地方离薄野的南边很近，是大楼地下的一间快餐店。远野大学时代就和那里的老板娘熟识，野津和谷村由于常去也是熟脸儿。大楼是幢古老的楼房，没有通暖气，冬天只用电炉取暖。不过最近就是不用暖气也感觉不到寒冷。

年轻的谷村最能喝，野津与远野差不多，大概有半瓶酒量。在那儿喝了一个小时左右，他们又去了“萨比它”。远野刚开始的话题，是批判学会中依然残存的权威主义，中途却变成了福冈俱乐部中的博多女郎。远野是个长脸，又是个大块头，实在称不上是美男子，但他喝起酒来那阳刚十足、风流潇洒的样子，倒是颇得那些女子的青睐。野津也希望自己能有远野那样的举止做派，但现在毕竟太年轻，学也学不像。

谷村的母亲正好从乡下来到城里，学会的话题结束后，谷村以“尽点孝心”为由先行一步。这样就剩下远野和野津，三十分钟后他们也离开了“萨比它”。

已经过了十一点，瞄准酒吧散场时间的车子将道路挤得水泄不通。

“怎么样，我们再去一家吧？”

“我没意见。”

由远野带路，他们来到隔条街的一座新大楼的二层，除了酒以外还要了点简单的小菜。远野似乎跟这儿也很熟，一进屋就忙着和一位掌柜模样的四十岁左右的穿和服的妇人打招呼。

“我这儿可有今天早上刚从厚岸捕来的新鲜青鱼。”

“那就烤两条来尝尝。”

“再来点威士忌加冰。”

野津坐下后上身却在左右摇晃着，他心里明白自己醉了。

里屋的炭火前，厨师正在烧烤青鱼。青鱼的油时不时滴落到炭上，火焰腾空而起，像是在告诉人们它有多新鲜。

“看着这些，我才真切地感到，自己已回到了北海道。”远野盯着那熊熊的火焰看了好一阵，才仿佛察觉到了野津的存在。

“今天下午，桐野到医院来过。”

“他来干什么？”野津放下了已到嘴边的杯子。桐野可能是今天下午野津正在为新患者做脑室摄影时来的。

“他说他对儿子的死因存有疑问。”

“疑问？”

“原来说不能做手术，可突然又变更了。他怀疑是由于医生的判断失误造成了他孩子的死亡。”

或许今晚从一开始，远野就在找一个将这事转告给野津的机会。野津觉得自己的酒一下子醒了。

“还有就是，关于这次手术，他没有得到主治医师的正式说明。”

“我的确没有直接对桐野做过解释，不过我对夫人讲得很清楚。”

“什么时候？”

“星期五的晚上。”

“夫人应该把这事向桐野转达过啊。”

“他们毕竟是夫妻……”

“桐野说他是去东京以后才得知要做手术的事情，而那时他已阻止不了。”

“不是这样的。桐野是星期日去的东京，他应该在出发前就知道了，而且手术当天，他还在东京跟我通过电话。”

“这些他都说了。他还说那时他再说不愿意已经晚了。”

野津回想起来，电话里桐野的话确实有些含糊。似乎有所不满，可又没有明确提出来，而且就是在这种情况下自己先挂断了电话。

“行了，这不是重要问题。问题是本来说不要做手术，可突然来了个一百八十度的转变，这还是其一。其二，他对做主刀医生不是我而是你极为不满。”

“对不起。”

“若只是要讨个明确的解释自然最好。可如果他是要来找麻烦，我也并不意外。”

青鱼烤好了，盛在盘子里还迸着油花，远野在上面加了些许酱油。

“您说的找麻烦，指的是什么？”

“其实我自己也说不清，总之他说如果院方的解释不能令他满意，他绝不会就此善罢甘休。”

“那么，他说没说要告到哪里去……”

“或许也并不会这样。”桐野到底在想什么呢？野津看着青鱼，脑海中浮现出滔滔不绝的桐野那副冲动的表情。

“你们趁热吃吧。”老板娘催促着。野津拿起筷子，虽然在烤的时候就闻到了它的香味，但现在他已没有任何食欲。

远野吃了几口，抬头说道：“桐野表面看起来是个爱说话、随和的人，其实相当固执。”

“是我连累了主任，真是太对不起了。”野津放下筷子低下了头。

“我不是要你的道歉。我是想提醒你，这段时间尽量回避桐野。”

“但这事毕竟是我干的……”

“无论你对他说什么，他也不会理解你的心情的。”

“真的吗？”

“现在肯定是这样。”

“看来桐野是不会原谅我的。”

“明知不应该还要搅过来，真是伤脑筋。我也并没有原谅你。”说着，远野把自己的酒杯伸到柜台老板娘的跟前。

十四

接下来的一周，白天晴空万里，夜里寒气逼人，天天如此。这是四月的札幌特有的天气。这暖意让覆盖在医院内的积雪迅速融化，连小草也从雪下钻了出来，北海道的草坪与本州的不同，它是即使在冬季也不会枯黄的西洋草坪。伴随春天的来临，在雪下就开始萌芽的小草已透出了绿的气息，令看惯了黑与白的双目豁然觉得鲜艳无比。

野津每天早上，必定会透过研究室的窗户，望一望院子里的情形。绿色每天都在扩展而白雪则渐渐消退，尽管有些雪还顽固地残留在楼房周围和北侧，但能肯定的是它们不久也将被绿色抹去。

那天，野津发现内院一半的土地已被绿色占据，而就在这天傍晚，他接到了夫人的电话。夫人照例寒暄了一番，对此前没有同野津联系而表示歉意，稍隔了一会儿，她问道："现在，您忙吗？"

野津下午刚做完一个小手术，正在研究室整理大脑的标本，这事也不是很急。

"如果有时间，我想见见您。"

"你现在在哪里？"

"我正去往医院附近。"

"好吧，我们在'榆树林'见，我五六分钟就到。"

"那我先去那儿等着。"

野津立刻收拾好切片，并换上西装。在桌上给谷村留了张"我去榆树林了"的便条后走出了房间。

医院大楼长长的斜影，将宽宽的柏油马路拦腰截断。

野津到了"榆树林"，却不见夫人的身影。没想到自己竟先来，有点失落的野津走进里屋的包厢，坐下后点了杯咖啡。他刚点上火，酒吧的调酒师就走过来打趣道："是和那位美人约会吧。"

"哪里，哪里，工作，工作。"

"随你怎么说，对了，最近你们可没怎么见面呀。"

"半个月前就出院了。"

“哦，那好。”调酒师的理解似乎是病愈出院了。

“你要福寿草吧？”

“什么意思？”

“上个星期天，去圆山山里头采来的，还是个小花苞，好看得很，如果你喜欢，我就送给你一些。”

“这好吗？”

“我采了很多的，这样吧，我带过来。”

这时，夫人出现在门口。调酒师悄悄地对野津递了个眼神，就回吧台去了。

夫人身着白大岛制作的和服，又在其外套了件嫩草色的短外褂。孩子已经死了，或许她想转换一下心情，将微卷的披发束在脑后，这样看起来更加清瘦了。

“前一段时间，多蒙您照顾了。”

“别这么说。”毕竟野津不愿回忆起住院时的那些事情，倒是他这才发觉自己在亮一死后，一次也没去桐野家吊慰过。

“我本来想去拜访，总之……请原谅我的失礼。”

“这事儿请您别放在心上。”夫人说着，郑重地将两手放在膝上，看着野津。

“今天我是来道歉的。”

“为什么？”

“我丈夫去了医院，肯定说了很多失礼的话，想必惹您心情不好了吧？”

“这事儿我从主任那儿知道了一点儿，我本人没有直接见到他。”

“是吗？但我丈夫说他碰到了您和主任两个人。”

“不会吧？那天我正在为一名患者做脑室摄影，不可能见到的。”

桐野在夫人面前到底将事情夸张到什么程度？野津从夫人惊慌的表情中仍不能猜透桐野的真实用意。

“他还说，是因为有主任的批示手术才会发生变更的。”

“这话是什么意思？”

“我丈夫是说，突然进行手术一事，是主任在出差的前一天就安排好了的，是这样的吗？”

“主任……”

“我丈夫的确是这么说的。”

主任是为了保护自己才这么说的吧？野津想起了一周前喝酒的时候，远野告诉自己不要与桐野见面的话。

“其实是我拼命求您，您才勉为其难做的。”

“不是这样的。我有我个人的想法，我完全是出于医学角度，认为该做手术才去做的。”

“我丈夫可能还会说些难听的话，您可千万别放在心上。”

“不会，您丈夫要是记恨我，也是没有办法的事。”

“那就……”

“我只有一件事想请问夫人，主任告诉我，您丈夫说他事先不知道要做手术的事，真的是这样吗？”

夫人轻轻垂下眼帘似乎在思虑着什么。

“通知手术事宜是在星期五，而我听说您丈夫是星期日出发去东京的。”

“我丈夫说过这话吗？”

“主任是这么说的。”

“我不知道。”

“什么？”

“不……”夫人似乎认同了什么，接着说，“我真心请求您别见怪，或许今后还会发生一些不愉快的事，也请您千万别放在心上。”

“您别担心，我不会计较的。”

“我也向主任先生道歉。”

“可您的道歉不起任何作用。”

“是吗？”夫人的头耷拉了下来。

“亮一没了，您很寂寞吧？”

“我决定，不再去想那个孩子了。”

从夫人看似冷漠的话语中，野津体会到了自己与夫人之间共同的那种酸楚。

可能是过了五点，下班的人们开始陆陆续续进到店里来。夫人欲起身。

“今天这么急吗？”

“我必须得回去了。”夫人轻轻伸出白细的胳膊看了看表，野津觉得自己有话非得对夫人说不可，可究竟是什么却连自己也不清楚。

十五

女招待走过来往杯子里加了水。夫人的冰水连动也没动过，咖啡也剩了一大半。这时又来了一对新的客人，于是夫人挎起了蜡染的提包。

“医生您待会儿直接回去吗？”

“姑且算是今天做完了工作吧。”

“那么，我用车送送您吧。”

“啊，不必了。”

“就让我送送您吧。”说着夫人先站起来埋了单。

走出屋外，已是日落西山，路两旁才吐出新芽的树在街道上投下了长长的身影。

下班时间是五点，现已过去半个多小时了，仍有些职员和白领三三两两地从周围的大楼里走出来。风还很冷，只穿件西装的人很少，但几乎看不见长筒靴的影子，满眼都是短靴样式的高跟鞋，人们的脚步也因为结束了一天辛勤的工作后变得格外轻快。

“咱们到了北一条再打车吧。”野津提议，夫人爽快地赞成。

在这日暮时分，野津与夫人并排而行，两人来到北一条。夫人在道边用右手挡着阳光等待出租车来。过了两辆，第三辆终于是辆空车。由于夫人穿的是和服，野津就先上了车。

“您家是在伏见吧？”

“还是我先送您回家吧。”

“不行，今天让我送您。”这次夫人的语气显得有些强硬，野津只好不再拒绝。

车子很快就驶上了宽阔的北一条大道，朝西驶了去。道路两旁的银杏树此时也正吐出新芽。

出租车里，夫人靠着门侧着头，默默望着前方，而野津则靠着另一侧的门，两人中间隔了好些距离。这个距离令野津感到有些窒息。

红灯亮了，车子在一座新建的大楼前停下。盛夏，透过茂密的榆树枝能看见玻璃幕墙的大楼，经过一冬的雪与煤烟的熏染，变得又灰又暗，夕阳的照耀也不能为它增添半点光辉。

“您丈夫今天不在家吧？”

“他出去了。”夫人稍迟疑了一会儿才回答了野津这个唐突的问题。

右手边北海道知事公馆门前的大树赫然入目，挂在树梢的斜阳正将光线洒向大地。

“保坂好吗？”车子在公馆前向左拐弯后夫人问道。

“是护士保坂祥子吗？”

“住院期间一直得到她的照顾。”

“挺好的，没什么变化。”

“她又温柔又体贴，我本还打算着今天有时间的话去看看她呢，请一定代我向她问好。”

野津一面点头答应，一面又在琢磨夫人此时提及祥子是什么用意。

“这段时间，见到水江了吗？”

“两天前他来看过我，叮嘱我要去好好检查一下身体。”

“是哪里不舒服吗？”

“就是容易疲劳。”

“那，去检查过吗？”

“没有，我没采纳这个建议。我呀，没有不舒服的地方。”

夫人望着野津，嘴边泛起了微笑。野津看着夫人久违的笑脸，觉着已和住院期间有了些变化。

来到小道，车子向左一拐，山峰便迎面而来。眼前伫立的圆山，是座名副其实的半圆形，山那边连着藻岩山。山腰下半部分的雪正在一块块地融化，斑斑点点的，而上半部分的山仍是银装素裹。在夕阳的照射下整座山红得分外剔透。

这景色让野津产生了一种想攀登雪山的冲动。附近的滑雪练习场中，雪已融化殆尽，没办法去滑雪了。可要是去曾举办过冬季奥运会的手稻附近，一定能享受到春天登山的乐趣。

野津还是学生的时候，手稻的山上既没有盘山公路，也没有观光缆车，但只要冰雪融化后，他是一定要去个两三次的。

“雪都化得差不多了。”野津望着远处连绵的山脉上的残雪小声嘟哝着。

“远离都市的山中，您觉得不错吧？”

“现在这个时候，有时雪地里还会留下野兔的脚印呢。”

“真想去看看。”

“您滑过雪吗？”

“我读书时滑过，但很差劲。”

“习惯就好了，多练一练水平自然就上去了。”

“今年没去滑吗？”

“我都这个岁数了。”

“哪里，您还年轻得很。”

“但是，已经不再滑了。”

野津一件一件地回想着这个漫长的冬季所发生的事情。与桐野夫人相识，决定为亮一做手术，手术失败后充满自责的切肤之痛，还有与夫人再度相遇后体验到的共有的悲伤。这一切都不过发生在隆冬二月到融雪四月之间的短短两个月中，然而它却是自己这二十九载的人生中最新鲜也是最深刻的记忆。

而且这样的经历，使野津似乎在还没搞清楚状况的情况下开始明白以前没有体味到的——艰辛——成人的生活实质。

车子在空调暖气低沉的鸣音中通过南九条大街，向着藻岩山的山脚方向驶去。离山脚越来越近，黝黑的山阴部分也逐渐显现于眼前，车子在一点点地被这巨大的黑影所吞噬。

道路的右边是一望无垠的黑土地，稍稍打开车窗，一股泥土的气息便从缝隙间扑鼻而来。这附近到处是空地，野津的公寓就在前方十字路口处向右拐再走两百米的地方。

“到了。”野津话音一落，车子滑了十来米后停了下来。夫人先下了车，站在那儿，路面上有融雪形成的水洼。

“是这座公寓吗？”

“二楼最里面的一间。”野津指了指这套供出租的公寓的右端。

“真是个安静的好地方。”

“若不嫌弃，进屋坐坐吧。”

“哦，今天不必了，我告辞了。”夫人说着，眼神中带着几分倦意，“桐野所做的事，您千万别介意。”

“我心里有数了。”

“那，再见了。”夫人向野津行了礼后上了车，车以U字形掉个头，沿来时的路开走了。夫人没有回头再看野津，只是低头不语，而野津也默默地目送着车子在十字路口拐弯后消失。

第四章

一

初夏来到了札幌。北一条大街两旁的洋槐树上朵朵白花散发着芬芳，家家户户院篱下淡紫色的牵牛花竞相绽放。北海道大学和植物园内巨大的榆树，已披上深绿的装束，在草坪上投下巨大的影子。

超市里、大街上热闹非凡，街边一角摆出君影草的摊子，惹得午休的女白领们引颈闻香，纷纷购买。

从漫长的冬季里解放出来的人们像是要向大自然讨回半年来的一无所获似的，一齐拥向户外。冬季被避雪的人们挤得熙熙攘攘的地下街道，此时仿佛被遗忘了一般冷冷清清。

医院门前那棵两人合抱才能围住的银杏，在微风中摇曳婆娑，远远望去像是根银色的擎柱。

北国的六月，正是万物复苏、艳丽怡人的季节。

这天下午，野津站在研究室的窗户前眺望布满阳光的内院，足足看了十分钟之久。

由医院大楼围成的内院里，两位坐着轮椅的病人，在护士的陪伴下正悠闲地沐浴着阳光。内院的四周都是四四方方的楼房，所以只有上午十一点到下午三点才能得到阳光的垂青。轮椅上的病人似乎相互熟识，一人右脚打着石膏，一人似乎只是普通的膝盖骨折，用毯子盖着腿。两辆轮椅并行着，坐着的病人在说笑，后面扶着把手的护士们也在谈笑。一阵风吹过，护士们白色的衣裙随风微微飘动。

两辆轮椅车沿着草坪缓缓地向花坛移去，此时谷村进来了。

“野津，主任叫你呢。”

“嗯。”野津嘴上答应着，可眼睛还看着窗外。

“看什么有趣的呢？”谷村走到旁边，往下瞥了一眼窗外，一副失望的表情。

“你认识那个病人吗？”

“不……”

“天气这么好，偶尔去打打棒球也不错。”

谷村伸了个懒腰回到座位上。这天是星期三，下午既没有手术也没安排检查。

“您对花花草草什么的感兴趣吗？”

“不。”

其实野津并不是特意在看什么，只是漫不经心地放眼望望午后明媚的内院。院中央三十平方米左右的花坛里一排鲜艳的大丁草正开着花。野津觉得鲜红与草绿的对比实在太漂亮了，但也仅此而已，倒不是因为感兴趣才欣赏的。

最近一段时间，野津的头脑中经常出现迷迷蒙蒙的神游状态，眼里看到了东西但又没有深究是何物。刚才就是类似这种情形。白衣、病患、草地，他目光追随这些移动着的画面，但思维却在完全不搭界的地方。野津认为这是一种空白的状态，但仔细一想，既然能感知阳光下洁白与鲜绿的美，也称不上是纯粹的空白吧。

“三一二号的松川刚才出院了，他向你问好呢。”

那是位两个月前因头部受伤，常常感到眩晕而入院的患者。

“听说住院期间那人被他夫人抛弃了。”

“是吗？”

有时候就是这样，好不容易人家先开了口，不回应几句总显得不礼貌，可又实在是懒得去回应。野津原本就是沉默寡言的人，不太受人注目，可有时连他自己都讨厌自己这种冷淡的态度。

“主任好像有急事找你。”

“嗯。”谷村催了第二遍，野津才离开窗户边。

远野左手握烟斗正在写论文，看见野津进屋后，马上停下笔，朝会客席走过来。

“终于来了。”

“啊？”

“桐野将这次的事向医师会的医疗纠纷处理委员会起诉了。”

“……”

“具体情况还不清楚，不过据说，要是查明我们这边确实有过错的话，可能会按业务过失致死罪处理。”野津茫然地望着远野的长脸。或许他还存有一丝侥幸，或许他还在纳闷这种事怎么会发生在自己身上。总之当一切成为现实时，野津还没有调整好心绪。

“听说他两三天前就已向委员会提出起诉了。老实讲我也没料到他会如此大做文章。”

远野跷起腿，长长的手指如同弹钢琴一般在桌上敲击着。野津看着这敲击的手指，反复咀嚼着夫人所说的“求您别在意我丈夫的行为”这句话。

“总之，事到如今只有按委员会所说的行事了。”

远野站起身，将带电线的电热水壶放到桌子上，按下了开关。

“我还想再向你确认一件事，你说你在手术之前得到了夫人的支持，是吗？”

“是不是桐野还在说他事前不知道？”

“他好像说手术是在他去东京出差期间突然决定，是不经他允许擅自行动的。”

“但是，我确实在星期五就通知他了。”

“我听说，那时夫人是同意了的。”

“她早就盼着做手术，当然不会有意见。”

“是吗？”

“很奇怪吗？”

“那倒不是，只是像这样的大手术，光母亲同意是不够的，还应当先征得父亲的允许呀。”

“我是星期五通知的，而桐野出发去东京是星期日，他肯定应该听说过，况且手术当天他与我通话时也同意了。”

“当然，我相信你的话。”

电热水壶里的水开了，远野拔出电源插头，并从水龙头上的架子上取下杯子和勺。

“咖啡还是红茶？”

“咖啡吧，谢谢。”

远野将速溶咖啡和方糖放到了桌上。

“如果事情如你所言，你真没有搞错的话，那就好办了。”

远野往两只并排的杯子里放了咖啡粒和牛奶，然后倒上开水，搅了搅自己的杯子后，把勺子递给了野津。

“但问题恐怕不止这一个。对方还质疑，医学小组讨论后都已经决定不做了，在主任不在的时候为什么下属医生要匆忙地来实施这个手术？”

野津低头看着砂糖在搅起的旋涡中溶化。

“你做这个手术的初衷或许是觉得把那个孩子耽搁下去也不会有起色，如果反正都是一死，还不如冒着危险试一把，这样的考虑确实有一定的道理。不管赞成还是反对，有些医生出于这样的想法而实施手术也无可厚非。虽然手术失败了，但只要得到患者家属的支持，也容不得别人去说三道四。但这次的情况有些不同。即便是个不治之症，也不能前脚还说着绝对不能动手术，后脚话音未落却又给人做了。人家是对这突然的变更无法理解。借桐野的话来说，就是有了种被捉弄的感觉，而委员会的布村也说他对此莫名其妙。”

对远野的这一番话野津没有做任何回答。他比谁都清楚自己在这一点上所犯的错误。

“此前我问你为什么要做手术，你回答说是因为考虑过应该做才做的。当时我没有作声，因为那根本不是答案。”

远野一直都叼着那根还未点上火的烟斗。

“既然决定承担那样危险的手术，就必须要有个明确的理由。”

“……”

“我并不是在责备你，只是想知道你真实的想法。”

野津不禁再一次自问为何要这么做？是因为不做手术也治不了那孩子吗？或是鄙视临阵放弃的卑怯行为？还是想反叛那种以延续生命为由趁机推卸责任的虚伪的人道主义行径呢？在这重重思虑

之中，夫人的脸庞再次浮现出来，漫天雪花中夫人的双眼直直地注视着野津。

二

“我觉得从医学上来讲，做手术还是正确的选择。”

“的确如此。”远野终于给烟斗点上了火，而那只空着的手又敲打起桌子来。

“就只是这个吗？因为认为从医学角度来看是正确的，没有别的理由了吗？”

“没有。”野津摇头说道。

“明白了。”远野说着放下烟斗啜了口咖啡，“有关这件事，医师会方面迟早会再度传唤我们的，你要随时准备好桐野亮一的住院病历和X射线的照片。”

“是……”

“手术是你做的，如果病历中在表述手术前后患者状态的地方有不明之处，你必须予以说明。”

“我有一事想问，外界说发出手术批示的不是我而是您。这是怎么回事？”

“因为我是这儿的负责人。你听谁说的？”

“前些日子，我从桐野夫人那儿听来的。”

“你见过夫人了？”

“那已是一个多月前的事了。她见桐野来过后，就一个人跑来为她丈夫的失礼行为道歉。”

“这样啊。”远野右手夹着烟斗，在下颌上蹿出的短胡须上缓缓地蹭来蹭去。

“从我的立场而言，我应当负这个责任。如果传唤到你，你要一口咬定这个手术从决定到中途变更全是依我的指示在行事。”

“但是……”

“就这么决定了。”

“对不起。”野津两手扶膝，郑重其事地低下头。

“我没什么值得你道歉。”远野依然在摸他的下巴。过了一会儿好像想起什么似的问道：“最近你好像没碰到夫人吧？”

“就那次见过。”

“嗯，那就好。”远野的声音如同发号施令一般洪亮，说着他从身后的抽屉里取出一张纸，摊在桌面上。

“你在这儿签个字吧。”

“这是什么？”

“这是向纠纷处理委员会提出的责任状。其实就是服从处理委员会一切决定的承诺书。”野津接过纸片，这薄薄的一张纸就是所谓的责任状。上面写着的内容大致是本人与桐野亮一的事件有关，对事故调查的结果不提出异议并服从裁定。收信地址写的是事故处理委员会，而下面的责任者一栏中早已填上了远野的名字。

“委员会的主要任务是，当出现了由于医生误诊或手术失误致使患者死亡或利益受损的情况时，认真听取双方意见并进行调停。当然也有医生状告患者不法起诉的情况。委员虽由十二三名精通各自专业的医师构成，但也会向大学医院方面征求意见以期公正。虽说名为医师会，但并非完全站在医师这一边，而是纯粹从医学的角度判断出发。”

“我现在不想为自己所做的事情找借口进行辩解。”

“即使你这么想，但由于他已提起了诉讼，委员会也会来调查此事的。这种事毕竟不是法律上的刑事案件，而是医疗纠纷，因为提起诉讼等待判决比较麻烦的缘故，通常都仰仗这个组织来调停。因此才有了这份无论是起诉方还是被起诉方都得一律服从裁定的责任状，但如果判定我方确有错误，就得支付损害赔偿了。”

“……”

“不管是我的批示还是你的个人主张，只要是有行医许可的专业医师在正确的诊断下实行了适宜的手术，就不会有问题。至于是不是该及早为那个病情严重的孩子做手术，不同的医师有不同的答案，现在尚无一个明确的定论。因此我认为做手术这件事本身是无可厚非的。”

“但是，病人已经死了。”

“的确如此。你在手术前对患者的状况做何考虑，将成为论争的一个焦点。但现在由于还没有断定这次是属于误诊和手术失误，所以我想它构不成法律问题。至于所谓的事前未经患者父母充分同意，临时变更一事，倒更像是伦理方面的问题。”

“那么最后会是私下和解的结局了？”

“不排除这种情况。”

野津总觉得事情正在往复杂的方向发展。自己搭进去还不够，令他担心的是现在连远野也要被扯进来。他轻轻将那张纸放入口袋中，脸色有些苍白。

“可是，桐野向处理委员会提出诉讼，目的肯定不是赔偿金。他根本不会为钱而发愁，但即使查明是我们的过错，也不能令他的孩子死而复生啊。”

“可能是咽不下这口气吧。”

“那是冲着我们做了手术的人来的。”

“那是自然，不过或许其中也有对夫人的报复。”

“他是向委员会起诉的，为什么是对夫人的报复呢？”

“不会吗？”

“不知道。”

远野长长地吐了一口气，换了换跷腿的姿势。

“真实的情况我也不知道。但我猜想养了个那样的孩子，夫妻间一定有着常人难以体会的烦恼和苦闷。”

“桐野和夫人之间经常发生争执吧？”

“先别说那个了，还是快拿回去签字和盖章吧。”远野说完自己站了起来，结束了今天的谈话。

三

野津回到房间，正整理着病历的谷村搁下手头的活儿，过来搭话道：“谈了些什么？”

“桐野亮一的父亲，已把他孩子的事告到医师会的医疗纠纷委员会去了。”

“真的？！”

“昨天医师会通知了主任。”

“但那个手术本身没有问题呀。”谷村站起来走向野津。

“问题多着呢。先是说我们出尔反尔，临时变更手术决定；再则称做手术的不是主任，而是我们这些无名之辈才使孩子死亡的。如果委员会调查的结论是我们出现失误，那我们将被裁定支付一笔赔偿费。”

谷村抱着胳膊沉思了一番后，抬起头：

“你还记得以前有个同样因脑积水住院的姓内藤的男孩吗？他接受了这种交通术，好了一阵子，可半年后还是死了。他父母在他死后还来致谢说那孩子解脱了，这未必不是件好事。”

“人死不能复生，也只有这么想心里才好受些。”

“这世间自然是没有不盼孩子好的父母。但如果活着只会是痛苦，希望孩子死后能解脱的想法还是有的。”

“桐野夫人就是这种类型的吧？”

“那倒不是，我只是突然回想起这事。”

野津想到漫天飞雪中夫人的眼神，那苦苦哀求的眼神，真如病房中祥子说漏嘴的那样，在传达她欲让孩子死去的乞求吗？那真的是事先算计好的表情吗？野津终究无从分辨。

“总之，我们行得正，站得直，没做亏心事，不怕他什么。”

“说的是啊……”

“我们尽了那么大的努力，到头来还被起诉，都干了些什么蠢事！”谷村愤愤不平地回到自己的座位上。

他的话野津是赞同的，但马上野津又一边摇头一边考虑：自己之所以没有丢下“所以嘛，就不要管啦”这样的话，是因为自己才是这个手术的决定者和执行者吗？

四

那天，野津是下午六点离开医院的。初夏的六点，天还没完全暗下来，医院门前的洋槐花于落日前的微明中，浮动着白色的婀娜身姿。

平时在医院吃完晚饭后，野津总会读上一小会儿书，或是闲来下下围棋打打麻将，然后再回家。可今天他连晚饭也没吃就离开了医院。

本来野津是打算直接回公寓的，但出了北一条，漫步在大街上的时候，他取消了原定计划。初夏微暖的阳光确实诱人，街道的花坛和喷水池周围的长椅，早已被恋人们占领。野津横穿过刚装上水银灯的花坛，来到一座由高大的榆树为其把守的大楼前，然后进到大楼地下的一间小饭馆。

这家店野津曾来过几次。虽说是在地下，但并不简陋。入口处是古色古香的格子门，柜台由朴素的白木打成，里面还有四间屋子。野津在柜台的右端坐下，要了一壶酒和一份盐烤扇贝。

"难得见你一个人来哦。"厨师过来与他搭腔，野津点点头接过酒盅。两杯下肚，感到已有三分醉意，也吃不下什么了。

"我吃好了。"野津冲着厨师挥了挥手，出了饭馆。时下七点已过，夜幕完全降临，眼前挺拔的榆树枝繁叶茂。野津从那儿横穿过南一条的电车轨道线，笔直向南走去。渐渐快到薄野了，人和车也逐渐喧嚣起来。但走到洋槐树下，那沁人心脾的花香便扑鼻而来。

来到薄野的电车道，此时的野津早已没有了回公寓的念头。在医院里，只要一想到桐野的事就会让他坐立不安，一个人回到家后，这种状况也好不了多少。穿过电车站，野津向左一拐，推开了"萨比它"的门。

平常总会遇见至少一个熟识的客人，但今晚也不知什么原因，他认识的人都没在这儿露脸。

"今天就饮个痛快。"在"萨比它"又连饮了三壶后，野津已是醉醺醺的了。自从下午听主任说了桐野的事后，他就一直心中郁闷。现在人醉了，胆也大了，随你把我怎么样的心也有了。

“出生才半年的孩子，就得了脑积水这种重病，卧床不起。他自己不能言说，做母亲的也无法了解，可他就算活着最多只能熬个四五年，这该如何是好呢？”借着酒劲，野津向女掌柜问道。

“怎么回事，那个孩子没得治了吗？”

“现代医学束手无策。”

“那就难办了。”

“是不是仅仅以珍惜生命为由，让这个孩子活下去就对了呢？”

“如果真的没法救了，就让他走了吧。只是可怜了那孩子，还有生他养他的父母。”

“但是，谁来完成这个任务呢？”

“我看除了求医生也没别的办法了。”

“哦，医生就能那么随便地结束一条人命吗？”野津并没有生气，他知道旁人是不会了解真相的。“动手了结了吧”这句话说起来容易，可临到自己了，谁也不肯亲自动手。

“医生应该下得了手吧？”

“医生也是人，即使也觉着死对孩子比较好，但也不能轻举妄动的。”

“但是，只要医生愿意，这种事并不难吧？”

“这不是可不可以和难不难的事。关键是若是自己亲自动手，那种感觉是十分恐惧的。”

“真的吗？”女掌柜似乎并不太相信野津的话。看着她疑惑的表情，白天就积攒下来的不满和焦躁一齐充溢进野津昏昏沉沉的脑子里。

“我们都是，只会轻轻巧巧地说些凭空的想象，可是医生真帮着做了，又会起诉说他‘杀人了’……”

“这是怎么了？！”

“没什么，你们是不会明白的。”野津想着自己一定是醉糊涂了才会说出上面那些令人摸不着头脑的话。其实，不管如何解释，当事者与第三者的立场总会有不同。看来，如果双方的立场相异，不管如何寻求和解，似乎也很难沟通。

将壶里的残酒一饮而尽后，野津离开了“萨比它”。原是想再找一家喝去，但又身感借酒销愁愁更愁，于是拦了辆车。

野津在酒精的微醺中轻轻合上了双目，而此时祥子的话又在耳边萦绕起来：“夫人说不定希望那孩子死去……”

莫非夫人真有这样的想法？不，不应该呀。野津左思右想似乎陷入其中，无法自拔。

车子从明亮的大道上拐进了小路，沿着长长的石壁穿行了好一阵，终于停了下来。一下车野津就被夜间草木的芬芳所包围，他抬头望了望幽暗的山棱，上了楼梯。野津掏出钥匙正欲开门，突然发现门柱间夹着一张纸片。

我有急事来找过您，可您还没回来。我在一家名为“紫丁香”的咖啡屋等您。如果回来了，烦劳您跑一趟。晚上八点见。

桐野

野津一看表，都九点十分了，已过去一个多小时。他飞快地奔下楼梯，一口气跑了两百多米。“紫丁香”就在这街上的停车场附近，也是小区周围唯一的一家咖啡馆，一般夜里十点钟关门。野津一跑奔跑着，身体里还残余着几分醉意。

五

野津原想这么晚人一定走了，可进屋一瞧，正看见夫人的侧脸，她坐在最里面的一张桌子旁等着。其他的客人只有两位年轻的男士，坐在吧台旁。

夫人看见野津后站起身。

“您忙完了吧？”

“怎么突然造访？我要是知道，一定早回来了。”

“我打电话去医院，他们说您回家了，于是就来了。”

藏青色的底纹上起着金色蔓草纹样的上田绸衣，将夫人的脸庞衬得越发纤瘦了。野津为了消除酒意连喝了两杯冰水。

“有什么事吗？”

“是有关我丈夫的。他前几天向医疗纠纷处理委员会提出起诉，您都知道了吧？”

“昨晚，他们通知主任去的。”野津心存防备。

“又给您添麻烦，实在是对不起了。”话未说完，夫人就深深地低下了头，“老实说，我对丈夫的所作所为也全然不知。这事是他昨晚回家后突然说出来的，我都惊呆了。”

“其实站在您先生的角度想想，他这么做也不是没有道理。”

“不是这样的。”

“行了，无论怎样辩解，我结束了您孩子生命的事实，是无法抹去的。”

“请您别再这么说了。都是我的失误，请您原谅。”

“我也没什么好生气的。”

“我求过他好多次，叫他不要这样无理取闹，可他这个人你越说他越倔，我的话也已经越来越不起作用了。”

“我也有过错，怨不得别人。”

“不，您没有任何责任。罪魁祸首应该是我，是我求您去做手术的。”夫人抬头望着野津。那一刻，野津暗想莫非就是这种眼神驱使自己做的手术？

“现在无论我说什么，那个人都听不进去。”

“唯一的孩子去世了，也得体谅他。”

“但是……”刚开口夫人就害怕说漏嘴似的，赶忙又把话咽了下去。

“什么？”

“没，没什么……”夫人紧张地摇摇头，“我有一事相求，请您一定照办。”

“什么事？”

“如果他们问您为什么要做手术，请您明确告诉他们是因为我的多次请求才做的。”

“他们？是委员会吗？”

“他们已经和您约谈过了吗？”

“夫人，我们并不是因为患者的请求才做手术。”

“您不用再袒护我了。”

“袒护？”

“我打算照直告诉我丈夫。”

“告诉什么？”

“告诉他做那个手术都是因为我无理的哀求，与医生您一点关系都没有。”

“这些多余的话您就不要再讲了。”

“这是多余的吗？”

“我们并非是按您的指示在办事。身为医生自有医生的判断，我们做这个手术是因为我们认为在医学上这是对的。”

夫人低着头把脸背到一边，就这样沉默了好一阵。

“夫人，希望您能明白。”野津极力在抑制自己说话的冲动。

“以前，我们也谈过亮一的事。当时我一激动就说出的话，让我丈夫觉得我是希望孩子死了更好。”

“那和现在的事情没有关系。”

“但是，孩子都已经死了，他却要告你们……”

“那肯定是有什么原因才口不择言，并非您丈夫的本意。”

夫人点了点头，但马上又说道：“莫非他是因为恨我？”

“恨您？”

“他似乎不欺负谁就得不到满足。”夫人说着用手抵住了额头，荧光灯下，手上的青筋突起。野津发现她的脸更清瘦了，连下巴也变尖了，便关切地问道：“瞧过医生了吗？”

“嗯，哪儿也没毛病。”夫人仍旧低着眼，缓缓地说。

野津喝了口凉咖啡，点了一支烟。怀旧而舒缓的音乐在空气中回荡。或许是快打烊了，服务员们开始擦起了空桌椅。

终于，夫人把手从额上放了下来，轻轻捋了捋耳边的散发。

“原谅我说了这些莫名其妙的话。”

“哪里……”野津又喝了口水。

“保坂还好吗？”夫人似乎想换个心情，马上用一种明快的语气问道。

"还好……"面对和上次同样的问题，野津闪闪地回答，"她要知道你这么关心她，一定笑得合不拢嘴。"

夫人露出一丝苦笑，这时，服务员过来说："关门了。"野津点了点头，夫人也拿起了放在一旁的白色蕾丝披肩。

走到室外，微风迎面而来。初夏时节还透着几许凉意的轻风时不时从肩头拂过。十点已过，车站周边的四五家店都已关门，宽阔的街道上，只有路灯并排而立，相隔而望。

"还要待会儿吗？"

"不了，就此告辞。"夫人向路的前方望去，前方的道路上见不到一个人影，只有远处汽车的灯光在不时地摇晃着。

"车来之前再走走吧。"

"好。"二人向着北面缓缓而行。野津听着自己和夫人交错起伏的脚步声，猜想夫人此时一定疲倦了。

六

医疗纠纷处理委员会是从医师会各专业中分别挑选出的，共由十二三名委员组成。只要有事起诉到那里，他们就会首先派两三名专门委员进行调查，然后全体集合听取报告，在此基础上得出最后结论。

如果是一方有过失，且责任明确的案例，大概一个月可以得出结论。但如果是内容复杂且牵扯到学术问题的案例，则至少需要半年，甚至一年以上的时间。根据所出问题的不同，不仅要听取委员们的见解，有时也要参考相应的大学教授和其他专家的意见。而且，由于委员们还要兼任自己医院的诊疗工作，想把他们都聚在一起并不是件容易的事。

正式将桐野亮一的病历和X射线的片子提交到委员会是在六月末。

“我看这一整月，那些委员也热得干不了什么事。最早得八月末九月初结果才能出来。”七月中旬的一日，当办公室只有远野和野津两人时，他们这么聊着。

“他们还一直没约我谈话呢。”

“等看完各种病历和拍片，才轮得上你。”

野津对于别人正在暗处调查自己这件事，总感觉些许不安，但他此时也不能多说什么。

“这简直就是人为刀俎，我为鱼肉嘛，随便怎么着好了。”远野的声音很有男子汉的气魄，他是直接的管理责任人，一旦判定医生一方有错，他将被认定为负有相当大的责任，而他表现得如此豪爽，无非是想鼓励容易消沉的野津。

“那之后，你从夫人那儿听到什么了吗？”

“没，什么也没有……”野津没有告诉远野，夫人晚上在公寓附近等他的事。

远野似乎若有所思地盯着杂乱无章的桌面，然后一言不发地走出了房间。

一个月后，也就是八月中旬，野津接到了委员会发出的正式传讯。时间是八月二十一日，晚七时，地点是临街的医师会馆。

这天，野津临出发前来到远野的房间。

“就这么定了，你要说，手术的变更从头至尾都是医院的决定。”远野坐在桌前，回头冲野津说道。

“但这样一来，不就成您的责任了吗？”

“或许如此，但这样会使桐野死心。”

“死心？”

“只要不让他认为是被你们这些毛头年轻人的鲁莽冲动给耍了，事情不就可以结束了吗？”远野叼着他的宝贝烟斗，望着天花板。

“但是这样，我会很不好受的。”

“不好受，你做了那样的事难受是应该的，它不可能让你骄傲。”

“我说的不是那个意思。”

“我明白。就这样吧，可别说过了头。手术毕竟是你做的，按这样回答就可以了。至于他们要问决定手术的理由，你就废话少说，一切听我的指挥得了。”

“是。”

“你只要明白这点就足够了。”

野津行了个礼，然后出了远野的房间。虽然还只是八月，但一过完旧历的中元节，秋意就不知不觉地钻进了北国的街道。

野津在细条纹的衬衫外套了件褐色的西服，走出了医院。从北一条经西六段大道一直往南走，初秋的风中飘来一阵烤玉米的焦香。大街上人来人往，似乎都在珍惜这夏日最后的时光，但是依然穿着白色的单件和服、穿着短袖的人，则寥寥可数。

医师会馆坐落于大街的西端，野津走了十分钟就到了，看看表，刚七点五分。

医疗纠纷处理委员会，那会是个多叫人局促的地方啊。野津在来之前一直忐忑不安。而实际情况是，只需在一间会议室大小的会场，面对三位委员，回答他们的提问就够了。

由于这一开始就不是依据法律来仲裁，而是以和解为目的的听取事件缘由经过的会，所以气氛并不会过于凝重。即便如此，每当被三双严肃的目光正视时，野津心中还是会一阵发紧，就像在接受招聘面试时一样。

三位委员都是年过四十的外科医师。坐在中间的脑外科医师宫地，他在市区西部开了家私人诊所，野津觉着有些眼熟。

“我们会提一些问题，但这不是审讯，请不必紧张。”首先开口的正是宫地，他为了调节气氛，特意点了一支烟。为了查明手术的问题，还有两位委员一起调查，分别是H大的麻醉科教授中川和S国立医院的脑外科主治医师坂本。

委员们开始提的问题，无非是亮一的一般状况和决定手术时他的抵抗力。由于病历中已记载了最初的一般状况，三位委员的问题从野津对体力的判断开始。

就这一问题首先发问的是麻醉科的中川教授。

“出生才八个月，体重七千二百克，血压为九十，而且左右肺部都有杂音，你怎么会考虑到为这么一个孩子进行长达三个小时的全身麻醉手术？”

野津早就料到他们会提这个问题。

“当时的情况的确很危险。但我们也是在有所准备的基础上才去做的，而且如果不做手术，那孩子的病情想要好转的可能性十分渺茫……”

“所以，从手术一开始，你就知道会很危险，但还是做了。”

“是的……”

委员们都是专门的外科医师，他们对于脑积水这种病例以及手术疗法是再清楚不过的了。他们真正想听到的是整个事情的来龙去脉。

“当时，麻醉医师对手术提出了怎样的意见？”

这下可把野津给问住了。如果照直说不就将自己强行手术的事实暴露无遗吗？但在这个节骨眼上，想隐瞒也瞒不住了。

“他当然反对了，说很危险，可我极力拜托他，希望他设法保证手术进行。”

“麻醉医师知道手术要花三个小时吗？”

“我说了，但他告诉我控制在一个小时左右才能保证安全。”

“这么说，你明知道一小时后会有死亡的危险，还是接着做了。”

“既然已经踏出去了，就不能停下来了。”

“麻醉医师没有直接要求你停止手术吗？”

“他虽然表现出不满，但还没提出那样的请求……”

委员会将野津的回答一一做了笔录。手术中谷村与麻醉医师激烈对峙的情景仿佛昨天才发生一般在野津的脑海中历历在目。

“四月三日突然改变主意决定手术，你把这事通知了病人的母亲后，马上就得到了支持吗？”

“我在三日之前，就已经告之了。”

“可你并没有与桐野先生直接碰过面。”

“我想见来着，可他没有来过病房，而且我考虑得也很简单，既然夫人同意了，也就可以了。”

“这也是人之常情嘛。”对野津的说法，中川表示赞同。委员们似乎都对野津抱有好感，隔了一会儿，坂本开始发问。

“原来说不要手术，可突然又临时变更，你是如何向夫人解释这一切的呢？”

“这个……”野津支支吾吾，欲言又止。当时他没有向夫人做任何解释。只说了一句星期一做手术，夫人便同意了，因为两人早已心领神会。

“我就说那样下去也没有病愈的希望，还是应该做手术……”

“夫人对于这一临时变更应该很惊讶吧，这么轻易地就同意了吗？”

“她也流露出了一丝不安的神色，但只有一点点，毕竟通过手术还有治愈的可能性。”

野津已连续撒了两个谎。他知道自己一说谎便会面红耳赤。坂本看着记录本，一边思考着什么，一边拿着圆珠笔在下巴处画着圈儿，好半天才说出了这么一句话：

“难道是夫人求你做的手术？”

野津仰视着天花板，随后坚决地答了一个“不”字。

“桐野先生说不管是他本人还是他妻子，都不会去请求医生做一个明知有死亡危险的手术，是这样吗？”

“正是如此，他们没有请求我，即使他们这么要求我，我也不会仅凭患者方的意见来决定实施手术。”

在三人敏锐的视线中，野津感觉腋下正在往外渗汗。

“远野主任突然改变了方针，你个人对此并没有反对，是吗？”

又换成中川发问了。野津的右手边是被拉开的橄榄色窗帘，他一边望着窗外一边搜索着词句。

“你开始是反对手术的吧？”

“是的。”

“但当主任医师指示施行手术时你似乎并没有反对。”

“我觉得主任的意见有他的道理。”

“当时远野主任是怎么跟你说的？”

“虽说危险，但为了那万分之一的希望，也应去试一试……”

“但是，你也完全可以中途停止手术呀。”

野津用手抹了抹额头上的汗，使劲咬了咬嘴唇，然后说道：“是我的一时自大。要维持那孩子的生命，其实很简单，但那绝不是真正意义上的人道主义行为，而是在人道主义美丽的外衣下逃避自身的责任。如果真为那孩子着想，还是应该做手术。”

“有道理……”中川点头赞同。

“那么说去做一个会缩短生命的手术就是人道了？”

“不能这么直接地说……”

“但是就病情的发展和患者的体力而言，手术失败的可能性很大呀。”

“或许是这样。”怎么说他们才能明白呢？野津苦于找不出合适的词句来表达自己真实的心情。

“你差不多理解了主任的意思。对于他让你来主刀，你没有抵触情绪吗？”

“其实……因为主任已经预定出席学会了。”

“你一次也没拒绝过？”

“没有。”

“可明明是自己突然改变了主意，却又趁自己不在的时候推给你们，你对主任这种做法一点反感都没有吗？”

野津听到自己的心脏正剧烈地跳动着，腋下和背后全是汗水，紧张与畏惧正朝着他能够承受的极限逼近。

“对于你的技术，当然我并不是在挑毛病，可如果要做那样的手术，还是由经验丰富的远野主任来主刀，你做第一助手比较合适。”

“是的……”

“远野主任一个星期以后就开完会回来，一个星期都等不了，这个手术这么紧急吗？”野津只是低着头，并未作答。

“不错，他的脑压正在逐步升高，而且脑组织的厚度也降到一点五厘米的临界值以下，情况不容乐观。但如果做个脑室穿刺，排出积液，是能将脑压暂时降下来的，而且还能防止脑萎缩。我想还不至于连一个星期都撑不了吧？是不是还有其他刻不容缓的原因呢？”

中川委员的质问直射靶心，句句都击在野津的要害处。

“如果没有特殊的原因，那么等到学会结束，并且在孩子父亲回到札幌后，得到他充分理解的基础上，再做不是更好吗？”

“是……”

“我不喜欢对别人横加指责，可如果贵院的主任真是在自己出席学会期间对你下了做手术的指示，那是不是也太随便了？”

“不，远野先生不是一个随随便便的人。”这时，宫地插了一嘴。

“正因为他是一位到哪儿都会不辱使命的优秀的脑外科医生，我才想不到他竟做了这么个马虎的决定。”

“但是，现实往往就是这样。”

“请等一下。”野津出乎意料地出手示意打断了谈话。尽管想着不能，不能，但身体中仿佛还有另一个自己在轻声说着什么。正在相互交谈的委员们一齐疑惑地望着野津。

“做这个手术，是我一个人的决断。”在委员们的视线中，野津明白此时的他终于找回了自我。

“那是你擅自做的？”

“你说那不是远野先生的指示？”宫地摘下眼镜，向前探出了身子。

“主任从一开始就反对这个手术。是我趁他不在擅自做的，他还要我说这些都是他的指示，他是为了保护我。”

屋子里流露出异样的紧张情绪。在这鸦雀无声的密室内，三人的目光都僵硬地停滞在野津的身上。野津明白，这一出戏就要缓缓落幕了。

舞台的大幕终于合上了。野津觉得自己正在冰冷的目光中一去不复返地沉向未知的深底。他一方面害怕这种坠落感，另一方面又在坠落中体会到了某种安慰与舒畅。

七

第二天是个雨天。一场秋雨一场凉，秋意正在逐日加深。

野津望着雨中红得更深了的鸡冠花，决定请假休息。

八点半的时候，他打了个电话到护士值班室，称自己头痛，不能去上班，爬上了床。接着，他便听着雨声，迷迷糊糊地睡着了。等他再睁开眼，已经过了十一点。雨小了些，还在淅淅沥沥地下着。躺在窗下可以听到从山上淌下来的水声。

野津起了床，穿上睡衣喝完速溶咖啡后就横在沙发上看报纸。到了十二点，除了企业栏以外，他已将报纸翻了个遍。这时他觉着饿了，却懒得外出，于是又拉起被子上了床。

雨还在下。这会儿野津又窝在了沙发里，他在想自己昨天的发言惊起了一汪池水，现在那波纹应该正在扩大吧。其实他现在想把什么医院、事件之类统统抛在脑后，一心只盼着能无所事事地过日子。他拿来一本几天前买的周刊，读着读着又犯困了。

下午五点多，他饿得实在受不了，这才去了大街边的小餐馆。

雨基本上停了。这场大雨给涨了水的小河平增了几分气势，或许是雨后的残云使得黄昏早早来临，树篱间、枝叶繁茂的地带早已经是黑乎乎的一片了。

野津在饭前先喝了一瓶啤酒，又饮了些别的酒，可是因为空着肚子，才喝了两壶就有些醉了。之后他去吃炒饭，和血压高的店主人闲聊了几句高血压的话题后回到了公寓。他正想着下一步该干点儿什么的时候，敲门声响了，是管理员。

“大约三十分钟前，一位姓远野的先生给你来过电话，要你马上回话过去。”

野津接过张纸片，上面记着一个电话号码。

待管理员离去后，野津连忙拨起了电话。电话铃只响了一声，就从那边传来一个妇人的声音：“这里是乌塔丽。”野津想起来，那是曾和远野一起去过的一间酒吧。低迷的音乐与笑声错综交杂。短暂的空白后，远野接过了电话。

“我是野津。”

“你现在马上过来，地点就是以前来过的那间酒吧。”野津感到他那极力压低的声音中有种不容分说的气势。

“好吧。”

“要快。”

电话就此挂上了。

野津赶到“乌塔丽”的时候，远野已喝得酩酊大醉，他一只胳膊肘撑在吧台上，并不停地拢着头发，一边仰头看天花板，一边还左右摇晃着上身。

“你是个大蠢货，什么也不知道的大蠢货。”野津坐在一旁听着他的咆哮。

“哎哟先生，干吗发这么大的火，好不容易出来一次，是吧？”远野的声音惊动了四周，女掌柜慌忙出来阻止。

“说，为什么你要那么傻？”

“是……”

“今天，委员会来电话了。”

对此，野津早有心理准备，他将斟满的酒盅一口灌下，也盼望能大醉一场。

“我那样叮嘱过你，全都被你给毁了。”

“我并不想破坏什么，只是不愿说谎……”

“蠢货！”远野又吼了起来。他的大长脸也随着这一声吼耷拉了下来，几乎撞到野津的肩。

“那么老师您是要我在那样的状况下一直说着谎话吗？”

“既然这么决定了，当然得这么做了。”

“可那太懦弱了。”

“慢着，你说什么？懦弱！你居然还说什么卑怯和伟大！其实你一直想着的都是你自己。”

“不是这样的，我在行动以前，考虑的都是如何做才能给那个孩子和他的家人带来最大的幸福……”野津的情绪十分激动，几乎说不出话来。

“行了。你的确充分考虑到了那个孩子的情况和医生的责任，但这之前你有没有想过你的行为会给我和周围的人带来怎样的影响？”

“但是，这是医生的……”

“闭嘴！”

远野深陷的眼窝中闪动着光亮，在吧台灯光的照映中看起来似乎在流泪。

“怎么样？冷静下来好好想想。”远野的语气稍稍缓和了些，他又拢了拢垂在前面的头发。

“你的确是想做件好事，可结果却牵累了好几个人。虽然你的意愿是好的，但事实是不仅在某些人面前暴露了你的莽撞举措，还伤害了更多的人。今天这个局面，不都是你一手造成的吗？你明白吗？”

野津仍然无法赞同。暂且不论做手术一事，但向委员会说出实情并非出于恶意。但是哪怕他不能接受，也必须承认自己的行为的确伤害了好多人。

“桐野不用说了，桐野夫人从某种意义上说也是受害者。”

“可夫人是明确表示过希望手术的。”

“你就别再提了。如果你真的非常想做那个手术，就要做得漂亮些，别像现在这样弄成个乱糟糟的局面。其实，你只需保持沉默，敷衍几句，不就一切好办了吗？”

“我做不出来。”

“你做不出来还要做那样的手术？”远野嘟哝了一句，一口气干下了一杯。

“我说，那位夫人，就只说了句要做手术，其他的一句真心话都没讲吧？”

不错，夫人的确只是用央求的眼神望着野津，再没说过什么别的理由了。

“其实桐野所记恨的并不是孩子死了那个事，那孩子是他的一块心病，让他觉得难堪又留有遗憾。他起诉只是因为你忽视了他，你没有考虑他的立场。”

野津的脑海中此时浮现出桐野那张虽然精悍但却神经质的脸。

“并不是说什么都得开诚布公。但如果没有互相的支撑那么就没必要再继续下去了。”

对于远野想要表达的意思，野津不大明白。

远野用手抵住头，望着天空，似乎在整理自己的思绪。

“今后会怎么样呢？”

“不知道，不过得试着和桐野接触一下。”

“对不起。”

“你呀，什么都不懂。”

“可能是的。”

“马上你就会明白成年人的艰辛了。”远野怃然地望着对面的墙壁，许久，才想起来该往野津的空酒杯里倒酒了。他一边倒一边嘀咕着：“你再也不会这么天真了。”

八

札幌的九月已是秋天了。透过医院的窗户望出去，天空似乎离大楼顶层还有很长很长的距离，而卷积云几乎漫卷了半边天。

研究室下面的庭院里，狗尾草取代了初夏鲜红的大丁草，将圆形的花坛紧紧围簇，其间恰到好处地点缀着白色的雏菊。

野津俯视着内院，不禁感叹的确是换了人间。如果每天都在看则会熟视无睹，但要哪天不经意一瞧，才会发现那花坛在不知不觉中已悄然发生了变化。不仅是草木，太阳、云、空气，都在不停歇地转移变化着。

在这夏去秋来的转换中，野津也感觉到自身正发生着微妙的变化。但他无法用言语来形容这种状况，如果硬要说，就像爬到了山坡的顶点一样，或许应该说是有种停滞不前的感觉。

野津觉得此时面前有道坎儿，他想去做一件事却总是完成不了，那种犹如无头苍蝇四处碰壁的焦急正困扰着他。

这种挫败感究竟因何而起，只有野津心里最清楚。从四月初的手术开始至今，在近半年的日子里，桐野亮一的死一直深深地烙在野津的脑海中，这感觉不但没有渐渐磨灭，反而与日俱增。

单纯就事件本身而言，野津是希望能早日有个了结的。既然已经明确了是自己的过错，又迟迟不宣布处罚决定，这种把人悬在空中的态度是最叫人忐忑焦躁的了。

然而委员会方面自上次传讯以后就一直没有音信。远野自从把野津叫出来大骂了一通后也没再提及此事。看起来他是漫不经心，可细腻缜密的远野绝不会就此遗忘，他是在思量着相应的对策吧，只是没有在野津面前表露出来。

九月的第二个星期日，雨从一早就开始下，据说这是席卷九州的台风的余波，就这样下到夜晚还没有停。

天亮时总算是晴了，可是风又刮起来，扫荡着秋天的街道。

这一天野津都在忙个不停，早上查完病房后接着出门诊，下午一直在为一名二十岁的患有硬膜下血肿的男子做手术。手术快要结束时，因为送来了一位在附近的交通事故中受伤的急救病人，只得把余下的工作交给谷村。等他赶到治疗室一看，病人已经咽了气。死者的脸上除了扎有小玻璃碎片外，没有明显的外伤，看来是在冲撞发生的瞬间，损伤了脑干，引起呼吸麻痹导致死亡的。在进行死后处置时，有护士过来通知他说：“远野先生叫您处理完后，马上到他的房间去。”野津洗完手，写了两份死亡诊断书，分别交给警察和死者家属后，来到了远野的房间。

“病人怎么样了？”远野一见到野津便离开桌子，手持烟斗走到接待席这边。

“我想是脑干受损，已经死亡。”

“这样啊。”远野像往常一样衔住烟斗，接着点上火，用力吸了五六下后火终于燃着了。

“桐野的事情大体有了结论。他们称，作为一名医师，无视医疗小组的决定，不考虑患者的抵抗力，亦没有得到患者父母亲两人的承诺，擅自进行手术，而且还是在充分知晓手术的危险性的基础之上进行的。怎么样？”远野一口气说了出来。

野津什么也没说。事实就是这样，他们一点也没搞错。

“赔偿金的数额要等到正式的裁定出来以后才知道，不过我们找桐野谈一谈，或许能有所减少。”

“他要多少，都没办法。”

“即便是减少了也不是凭你个人之力能付得了的数额。”

“可这件事是我做的……”

“你或许可以这么着就了事了，但医院和我们就为难了。”远野抱着胳膊，吐出的每个字似乎都在颤抖。

“要是只用金钱就能解决那算是万幸，最糟的情况是万一被报纸揭了出来，就更不好办了。”愚钝的野津直到现在都没察觉到自己的所作所为不仅害苦了自己，还把远野、院长甚至整个医院都卷了进去。

“所以我要和你商量商量。”远野换了只手握烟斗，望着门的方向说，“怎么样，愿意去根室吗？”

“我吗？”

远野将烟斗离开嘴边，表情立即严肃起来。“你还是离开这儿比较合适。”接着他轻描淡写地说，“那儿有座名为济生会的医院，有五十张床位，院长是我非常要好的同学，而且他们正需要一名脑外科医生。”

根室这个城市野津并不熟悉。他记得去阿寒的时候，曾到过钏路，可到了钏路还要再往前坐两个小时的火车才到根室，最后只得作罢。他只是通过地图知道那个城市位于最东端，与被苏联占领的国后岛和择捉岛遥遥相对。

“如果我去了根室，桐野会让步吗？”

“不知道，不知道呀。但心里总会舒服些吧。”

野津注视着远野，他那粗犷的脸上一对深褐色的眼睛炯炯有神。猜不出他此时正想着什么，但现在除了把一切事情交给他，似乎也没别的法子了。

“要是我的离开能得到桐野原谅的话……”

“慢着。”远野拿开烟斗，再次严肃地看着野津说，“我要你去根室，并不仅仅因为这个，而是我对你的制裁。”

“是您……”

“是的，你不单要做医生，更重要的是做人。”

野津不敢抬眼看远野。他的语调虽然平静，表情却异常严峻。

沉默了片刻后，远野又叼起烟斗，缓缓吐了口气后说道：“一两年后就可以回来。”

“是……”

去根室，那就意味着离开医院，搬出寓所，告别谷村、水江，与保坂祥子还有夫人再无瓜葛，野津茫然地想着这一切。

“现在去根室，已经近多了。”

“要是去，什么时候动身？”

“我还没和院长商量这事，不过越快越好。”

“就在这个月吧？”

“我尽量。”

此时的野津切实地感到自己周围就像换季一样在悄然发生着变化。

“行了，一切就交给我吧。”远野将身体转向一旁。

“拜托了。”

“根室正是秋高气爽的好天气，你就去那儿悠闲地待上一两年吧。”

伸向大海的秋天的根室，是怎样的一番景象呢？野津想象着在家乡函馆曾见过的布满阳光的大海，但总觉得和国境线上的海面怎么都联系不到一块儿去。

“那儿有间名为‘俺家’的小酒馆，有活蹦乱跳的鲜鱼，你一去就能尝到秋刀鱼的生鱼片。对了，赏花的季节也到了。”

“主任，您去过根室吗？”

“十年前，出差到那儿待了差不多半年。”

野津感到自己现在渐渐地能心平气和地去根室了。

太阳躲进了云层里，屋子马上暗了下来。楼道里响起了急促的脚步声。秋天的夜幕也在急匆匆地临近。野津觉着像是被什么追赶似的马上站起身说道：“我回去了。”

“好吧，具体的事情以后再详谈。”远野叼着烟斗把野津送到门口，“到了那边，把一切都忘了吧。”说着，他打开门，送走了野津。

九

走出主任的房间，已是六点多了。敞开的研究室里药架林立，而秋意似乎也悄悄地随风潜入。野津坐在桌前凝视着风中的斜阳。

谷村还在病房里观察术后的患者。

野津若有所失，孤零零地立在夜幕笼罩着的研究室中，想着那些不得不想的事情。电话铃响起，出门一接是从值班室打来的，说是下午刚动过手术的一名患者正发着三十八点二摄氏度的高烧。野津吩咐他们给病人注射一管安乃近。挂上电话后，他突然想去水江家看看。

野津简单地收拾了一下桌子，换上西服，在医院门前拦了一辆出租车。尽管去之间并没有打电话通知，但正值傍晚，经营诊所的水江应该在家。

沿北一条大街向西，到了公园尽头，一进入山车大街，便立即听到了虫鸣的声音。刚刚在研究室的时候，天空中还有晚霞，现在夜幕已完全降临。山麓的平野上正在建一片新的住宅，明月在山头的薄云中浮动。

来到水江的家里，诊察室里还亮着灯。

“稀客来此，有何贵干？”在接待室等了十分钟左右，水江脱去白大褂出现在面前。

“我想跟你谈谈。”

“还没吃晚饭吧，来，喝一杯。”水江打开门，冲着走廊的一头喊了声“拿啤酒来”，就在对面的沙发上坐下。

“要谈什么呀？”

“我要去根室了。”

“根室？”

“主任要我暂时离开札幌试试。”

“是要打官司了吗？”

“似乎也有这个可能，但毕竟是我的错呀。”

“可那是因为夫人事先求了你的啊。”

“好了，别说这个了。”女佣拿来了啤酒和蘸有奶酪的火腿卷，一并放在了桌上。

“真没想到，会是这么个奇怪的结局。”水江拔掉瓶塞儿，往两只玻璃杯里倒上了酒。

“我要是不把桐野介绍给你就好了。”

“话不能这么说。”

“可你确实是因为这个才被发配到根室去的呀。”

“那个边境城市也不错嘛。”原本是想报以微笑，可这笑容在中途僵硬了。

“老实说，我也没想到桐野会这么执拗。”水江手持酒杯，安慰野津道。

“但事实是在对方还没完全理解的时候，孩子就在我手上死去了。”

“可是养了那么个孩子，或许桐野本就有心让他死去。夫人是母亲，当然才不会有那样的想法。”

野津没有回答，只是盯着杯中正在消散的啤酒气泡。

“你不这么认为吗？”

“这些都与我无关了。”野津一口气灌下啤酒，现在再提这件事已没有什么意义，它已经过去了。

“那么，你什么时候去根室？”

“预计这个月末。”

“这么快！”

说来这个月只剩十天了。好在野津是独身，只要打算出发，立刻就能动身。

“你怎么对她说的？”

“还没说，要去根室这件事我也是今天刚得知的。”野津的脑海中浮现出祥子挂念他时的神情。

“还是早点儿告诉她吧。”

“嗯。”

“打算和她结婚吗？”

“还没想到这一步……”其实，对于去根室这件事，能够理解他的不过是水江和祥子两个人。一想到这儿，野津便觉得此时的自己竟是那么脆弱。

“如果定了，送别会可是一定要开的哦。”

“还是免了这一套吧。”

“也好。”水江很诚实地同意了。

“桐野还不知道你要去根室的事吧？”

“当然不知道。”

“你被遣走了，桐野不知道会多得意呢。”

“夫人怎么样了？”野津的这句话看似脱口而出，但这个疑问从他打算来水江家的时候就一直萦绕在他的心头。

“我想还是老样子，这段日子我一直都没碰到她。亮一死了，我也没有去的理由了。”

野津明白亮一的死斩断了自己还有水江同夫人的联系。

“好像这些日子夫人和桐野在分居。”

“真的？”

“具体情况我也不知道，前几天打电话过去，是麻里子接的，她说桐野已不怎么回家了。”

“那他住哪儿呢？”

“好像又住酒店了。”

野津想到了在那形如鸟翼的家中独守空房的夫人。她失去了亮一，以及和这孩子相关联的一切，此时此刻在那里想着什么呢?

突然，野津萌生出一种想见夫人的冲动。尽管见面也不知道该说些什么，但他强烈地感到自己必须与夫人见上一面，就这一面才能令他安心去根室。

“喂，打个电话过去吧。”

“打给哪儿？”

“当然是夫人啦。如果你愿意，我们一起去她家，反正你马上也要去根室了，去道个别也不算过分呀。”

“算了吧。”

“你不想见她？”

“不说这个了。”野津一面拒绝，一面又觉得自己确有对夫人非说不可的话。虽然自己现在并不清楚想说什么，可又感到那些话已在心中憋了好几个月。

“她不会生气的。”

“要是碰到了她，请不要告之我去根室的事。”

“为什么，桐野迟早也会说出来的！”

“既然如此，那就不管了。”野津只是不愿自己亲口说出来。

“去街上喝几杯吧？”

“你肯作陪？”野津放下酒杯，朝着还没拉上窗帘的露台望去。露台的那一边，亮着水银灯，秋夜的庭院正在灯下延展开来。

终　章

一

九月最后一个周六，野津将乘坐晚上九点三十分的快车“狩胜4号”离开札幌。

从午后开始，天便有些阴沉，傍晚时分，终于飘起了毛毛雨。野津没有告诉任何人出发的时间，可到了车站，只见谷村和保坂祥子早已经等候在那里。

“我问了你要去的医院，说是坐这趟车。”

谷村解释了自己为什么知道时间的原因。

“行李，就这些吗？”

野津穿着藏蓝色雨衣，手里只拎了一个稍大的提包。

“需要的都托运走了。”

野津把被子和日常要用的东西打了两个包托运，余下的都寄存到了家住圆山的亲戚家。因为要去的医院宿舍里壁柜、床等都有，不必带太多的东西。

“下着雨，还来为我送行，不好意思。”

“反正没什么事儿。”

谷村点上一支烟，向后退了一步，以便祥子上前话别。

“过年回来吗？”祥子穿着白色的风衣，秋雨已经润湿了她的秀发。

“可能会回来吧。我现在也还不知道那边究竟是个什么情况。”

“到了以后，马上给我来信。”

“嗯。”

“我把这个放到你包里。”

祥子把一小瓶威士忌和一袋扇贝干塞进了野津的口袋。

“那里也在下雨吧。”望着检票处的时间告示牌，谷村禁不住感慨。

此时，人们纷纷朝检票口拥去，整个大厅躁动了起来。人群里，有身穿雨衣的，有手持雨伞的，带进来许多水汽，再加之人多，空气让人觉得十分闷热、潮湿。

“到那边要十一个小时，恐怕和这儿的天气不一样吧。”

火车是第二天早上六点到达钏路，野津需再换乘快车“纳沙布”号，预计八点十一分抵达根室。

“听说那里的鱼和蟹都很鲜美，可千万不要喝得太多。”

“谢谢关照。”

说完，野津和祥子相视而笑。

离发车还有十分钟。虽说卧铺车厢不用着急，但二号站台还要过一个天桥，于是野津说：

“那，我就走了。”

“我来拿行李吧。”

“就在此别过吧。”

“送你到站台。”

“我不愿意人送。上了车我就睡觉。”

谷村不知该如何是好，朝祥子看去。

“就到此止步。谢谢！”野津看了看两人，颔首道别。有关患者交接的事宜，一周前野津已经给谷村交代过；而祥子，两周前也一起共进了晚餐。这个时候，实在没有什么特别要说的。

“向大家问好！”

“这是主任给你的。”

谷村从西服里兜掏出一个白色纸口袋，上面写着“饯别”两个柔美的大字。一看便知是主任亲笔书写。

“是什么？”

“主任说交给你就明白了。”

野津三天前在医院碰到过主任，那以后再也没见过面。

“这可怎么好？”

“还有，这个。”

谷村又拿出一个附有礼笺的纸袋，上面写着“谷村”两个小字。

“不至于吧，别搞得别别扭扭的！”

“已经拿来了，就收下吧。”

“你小子傻呀。”

野津端详了片刻，随手把它塞进了大衣口袋。

“对不起，给你添麻烦了。”突然，谷村郑重其事地说道。

“什么事？”

“让学长你一个人承担责任。”

“二等兵，你说什么呢。”

野津微笑着握住了谷村的手。

“我走了。”

“好吧。”

谷村点了点头，祥子泪盈盈地紧跟在野津后面。来到检票处，祥子停下脚步，和谷村一道挥起手，直到再也看不见野津的身影。

在卧铺车厢里，野津呷了一口祥子送的威士忌便上了床。躺下来，野津忽然觉得有些后悔：这半年来，不知为什么，自己对祥子好像就没有温柔过。祥子虽说有几分争强好胜，可总体上性格还是不错。到了根室，等一切安顿了下来，自己应该对她好一些。

车窗外，霏霏秋雨依然飘洒不停。火车过了泷川，就进入了根室主干线。

第二天清晨大约五点半，野津被车内的广播叫醒了。火车六点十五分进站，人们大都已经开始起床做准备。野津恍惚之间，感觉似曾在车站与桐野夫人见过面，可回过神来仔细一想，又觉得不过是凌晨之际做的一个梦罢了。

他拉开床幔，来到过道向窗外望去，只见四周已显露出清晨的晓白。不知火车行驶到了什么地方，低矮的灌木丛不断地从窗前掠过，好像是一片沼泽地。不过，这也仅限于铁道附近，再远的地方，乳白色的晨雾弥漫着，什么也看不清。

列车员将床铺折叠，重新恢复成坐席后，四周的景色也终于依稀可见。左边窗户外，近处是干涸了的沼泽地，远处则依旧晨雾缭绕；右边窗户外，百米沙地外已能望见大海。附近没有人家，也没有渔船，唯有寒气逼人的海浪有节奏地拍打着海岸。

乘飞机的话四十分钟，坐火车的话睡一晚上觉就能到达的地方，此刻，野津却觉得它比到东京、大阪还远。究竟是因为这荒凉景色的缘故，还是因为离开了札幌而内心变得脆弱了的缘故呢？

十分钟后，火车到达了钏路。晨雾里，站台上传来了叫卖盒饭和毛蟹的吆喝声。野津来到站台的中央买了纸杯装的酱汤和毛蟹，然后再走到对面站台换乘内燃机车。

从钏路到根室，右手边一直是蓝色的大海，而左手边则依旧绵延着平坦的沼泽地。此时，晨雾大部分已经散去，大海向着更遥远的天际展开。海面上风平浪静，丝毫让人感觉不出这是北国的大海。只不过因为天气寒冷的缘故，可以时不时地看到海面上有地方冒出乳白色的寒气。从左侧车窗望出去，只见成片的狗尾草、艾蒿把大地染成了一望无际的褐色。偶尔地势起伏，出现一小片树林，也不过是一米左右高的灌木。因为这里是炭灰地，何况在冬季，地表以下的土壤都冻得硬邦邦的，所以，树木是长不大的。

和主干线不同，在开往根室的地方列车上，有许多脚蹬长靴、身穿夹克的渔民。他们在钏路买了螃蟹和杯装的酒，一路上高谈阔论，说话的声音很大。因为是海边上的人，他们吃起螃蟹来真是轻车熟路。野津面对着螃蟹的硬壳不知从哪儿下手，而他们则“嘎嘣”一声就把螃蟹腿掰断，用手指堵住细的一头，从粗的一头吮吸里面的肉。一只鲜红的大花蟹，不到十分钟，就被完全解决掉了。看来，螃蟹就是他们早餐的主食。

列车快要到达根室的时候，座位下、过道上，已被他们扔下的蟹壳染成了红色的一片。

到终点了，晨雾彻底散去，澄明的空气送来了凉爽的秋风。在札幌，下雨的时候才需要穿的风衣，在这里的朗朗晴空下穿上倒觉得正好。野津走过天桥来到车站小木屋前，立刻，一个戴眼镜的小个儿男人走了过来。

“您是野津先生吧？”

“是的。”

“我叫平井，在医院负责行政工作。欢迎您的到来。”

这个地方很小，即便事先并不认识，但一看也都知道谁是新来的客人。野津被领进汽车，平井驾车向右一拐，很快便进入了一条宽阔的大道。道路是柏油路面，先是一段较长的低地，接着是一段坡路。

“我们现在行驶的是国道四十四号线，一直向前可以去钏路，向后可以到纳沙布。”

戴眼镜的男人一边开车一边给野津解释。看上去，人蛮不错。道路的两旁，视野开阔，只零星看见一些小楼。不久，汽车进入了住宅区。或许是星期天的缘故，沿途门户紧闭，路上来往的车辆也十分稀少。

“今天算是比较冷的一天吗？”

“不，马上就进入十月了。差不多应该就是这温度了。”

“一般什么时候开始下雪？”

“大概十一月份。这儿雪并不多。下得大的时候，也就能积五十厘米左右。”

不过，野津听说，这里尽管雪少，但温度要比札幌低五六摄氏度。根室这座城市看上去非常平坦，仿佛大风一刮，整个城市会被毫不留情地扫荡一般。而这印象似乎又并非全因为道路宽阔、房屋低矮。从汽车车窗望出去，左手是排列着大小仓库、船只的港湾，右手虽说是一块高地，可它上面既没有山丘也没有生长高大的树木。尽管道路两侧有一些白桦，可它们一棵棵全需要柱子来支撑，高度也不过两米左右，一副弱不禁风的样子。所有的这一切，恐怕才是令人感觉平坦的根由吧。

“这一带的树木不易成活，是吗？”

“土地贫瘠，风又大，不容易成长。”

戴眼镜的男人看上去很不好意思。

汽车过了低地，来到高坡上，在房屋和房屋的间隔地带，大海又一次呈现在两人的眼前。

“那儿就是国后岛。”

男人用左手指着斜前方。隐隐约约地，一座淡褐色的岛屿漂浮在波光粼粼的大海深处。

“现在有雾，再过一会儿，看得更清楚。”

野津心想，这下可真的来到了一个遥远的地方。一个月前，自己连想都没有想过呢。而眼下，自己的的确确就身在其中，只不过还不够真实，云里雾里，有几分虚幻。

汽车在坡道上的信号灯处往右一拐，再向前开两百米就到了医院。医院是一栋白色的、钢筋结构的二层小楼，它前面好像是一片新开发区，并排立着几栋砖混结构的住宅楼。医院的背后是一座光秃秃的没有树木的丘陵。

二

医院不大，约莫过了一周，野津就把医院内部的情况大致摸了个透。

院长叫河村，是远野的同学，人非常爽快；和院长同属内科的还有一位医生，比野津高两届；外科的主任名叫平山，比院长低两届；另外还有两名医生，一位妇产科，一位儿科。总共六名医生。

野津是外科大夫，职级上虽居平山之下，但平山只是胃肠外科专家，所以实际上脑外科方面野津还是权威。根室这座城市只有十来万人口，少有大型交通事故和脑外科疾病，但毕竟是第一次来了这方面的专家，医院和当地的人们都非常欢迎。远野用心良苦，为野津挑选了这样一个尽管有些偏僻但却令人心情舒畅的地方。

野津本以为周围人知道自己来这里的原因，可他们，包括护士和医生在内好像并不了解。按道理，跟远野联系的院长应该清楚，可他也什么都没有提及。

总的说来，工作上没有什么障碍。这所小小的地方医院，尽管没有札幌那么多的先进检查设备，可自己能独自设法解决一些罕见的病例，的确不是一件坏事。

然而，根室这个地方还是让人感觉寂寞。同事们虽说亲切，医院也小，有一种家庭的氛围，可大家过着悠闲的日子，没有人肯积极上进。他们远大的抱负不过就是将来找时机开一处私人诊所而已。下班后，看不到有人留下来搞科研或者撰写论文。表面上，彼此已经很熟悉，可那仅限于一起下下围棋，打打麻将，不同于水江和谷村，可以推心置腹地说上几句。再说酒馆，他倒也去了四五家，可客人大多是渔民，和气是和气，总归有几分粗俗，野津还不习惯。

半个多月下来，野津不禁怀念起札幌来。他到达根室后倒是立即给主任和谷村写了信表示感谢，可是祥子那里，几乎过了半个月，才在绘有冬季风莲湖和白天鹅图案的明信片背后写了“我很好”几个字邮了出去。

祥子接到野津的明信片后立刻给野津回了信。信中说札幌街道两边的树木已经开始泛出红色，近来总是阴雨连绵，干起工作来实在提不起劲儿，等等。最后还说想来根室，看一看最寒冷的时候究竟是个什么样儿。

水江也来了一张明信片，简单地说了说他的近况，并告诉野津他最近没有见到桐野夫人。

每次读大家的来信，野津就更真切地感知到根室距离札幌是多么遥远。说起来睡一晚上觉就能到，可实际上从准备到出发还是要花上一天的工夫。现在，自己就是想见他们也不可能马上见到。在札幌的时候，虽说也不是轻易就和水江、夫人他们见面，可只要想见就能够见到，这和现在想见而见不到是截然不同的两码事。不过，野津又想，事情总有它的两面性，反过来，或许又正因为如此，在札幌的时候大家才没有常常见面。

然而，来到这远离人世的偏僻之乡，野津有一种感觉，夫人离自己很近，仿佛就在身边。那不是通常所谓的爱情，也并非异地他乡的思慕，而是以前从未感受过的一种哀愁，将夫人和自己紧紧地连在了一起。

三

十一月的根室，已经步入初冬。澄明的青白色天空透着一股寒意，就像看到水底时所感受到的那种清冷。月初降了一场雪，积得不厚，第二天便化了。太阳低低的，像一颗淡红色的球，总是悬挂在南天的一角。

一个傍晚，野津接到了从札幌打来的长途。那时，夕阳西下，眼看就要落到医院背后那个有着垃圾场的山坡下，而天空中已经零星地飞舞起了雪花。

“我是远野，干得不错吧？”

听见这熟悉而又久违的声音，野津激动不已，恨不得立刻跑回札幌。

“基本上习惯了。”

“是吗？”

“主任您，还好吗？”

“嗯，老样子。大家都好。”

短暂的停顿后，远野继续说：

“昨天，裁决下来了。正式文件还没有收到，过几天，仲裁委员会可能会寄来。法律上，你不用承担责任，但作为精神补偿，你要支付桐野两百万日元。”

“是——吗？”

这个数目究竟是多是少，野津没有概念。

“唉，只能这样了，没有办法。”

“钱，我来还。今后，请每月从我工资里扣吧。”

“等等，别着急！”

远野提高了嗓门。

“一百万由医院来负担，余下的你我各一半。”

“那不行！”

“当然，我也觉得最好是没有这个负担。”

“我自己一个人来付。”

“我不是叫你别着急吗？裁决虽说下来了，可昨天晚上，我去桐野府上和他聊了聊。”一听说去了桐野家，野津情不自禁地重新握了握话筒。

“可能是因为裁决下来了的缘故，这一次，桐野看上去很平静。我再一次向他道了歉，并告诉他说你因为歉疚已经去了根室。他好像也想通了，说并不是为了钱提出的诉讼，而是要医生正视自己所犯下的过错。”

“他还认为这是过错吗？”

野津十分在意这两个字眼。

“不用管他，他愿意这样说，就让他说去吧。”

实际上，野津心里倒不关心钱，他想知道夫人知道这件事后究竟是怎样想的。

“这样一来，赔偿费就可以降低了……医院承担的部分还好说，可你我都是拿薪水的，我让桐野免去算了。五十万，不是个小数目啊。他考虑后已经答应了。现在，医院付一百万就都解决了。”

“这样，行吗？”

“裁决归裁决，但只要当事人相互之间达成协议就没有问题。”

“可是，医院……”

“不用担心。医院出这一点钱算不了什么。再说，你也给医院出过很多力，这点钱就让医院出好了。”

“可，桐野真的对此释怀了吗？”

“已经想通了。”

“夫人也是吗？”

远野沉默了片刻，回答：

“听说夫人身体欠佳，我没有见到她。”

“她哪儿不舒服？”

“好像新年一过就要生孩子了。”

“真的吗？”

“桐野亲口说的。”

野津手握着话筒，眼睛朝窗外望去。一幢幢住户的房屋，沿着被雪染白了的坡道静静地矗立着；而在它的前方，落日的余晖将整个海面映得一片血红。

“总之，一切都结束了。今后，你就把这事忘了吧。”

“嗯……”

嘴上答应着，野津的眼睛潮湿了。模糊的泪眼中，一片雪的海洋在急遽地膨胀、摇晃。

“昨天，札幌下了今年的第一场雪。你那边下没下？”

“正在下。”

“是吗？天气冷了，要注意身体。”

“嗯。”

“医院什么时候放假？”

“三十日上午。”

“放假就回来，我给你备了好酒。”

“是。”

“多保重。酒别喝多了。”

远野挂断了电话。野津等了一会儿，直到电话里传来对方挂断后的低声鸣音，才不情愿地放下了听筒。

黄昏的大海，总是不会有平静的时刻。刚才，还半明半暗的，而此刻，黑暗的一半已经逐渐吞噬了明亮的一半。望着在雪中不断变暗的大海，野津抬起手擦了擦眼睛。

为什么流泪？野津把刚刚擦拭完眼泪的手插进裤兜，自己也想不明白。

雪花，纷纷扬扬地飘洒着，如同在空中曼舞。

望着窗外的这番景色，野津仿佛觉得自己以前就曾经历过与此完全相同的一个夜晚。

“怎么啦，呆立在这里？”

放下电话没几分钟，内科医生石井走了进来。

“下雪啦！”

石井走到野津身边，朝窗外望去。

“我还是第一次看见这么寒气逼人的大海。”

“看这趋势，明天有可能积雪。”

窗外已经完全黑了下来。石井站在那儿，点了一支香烟。

“烦死人了！下完雪就又该结冰了。我最讨厌现在这个季节，既像冬天又不是冬天。”

“这里有流冰吗？”

“每年到了一月份，这里的海平线处都会形成一大片白色的冰带，转眼间大海便不再咆哮。接着，从晚上到第二天凌晨，大块的浮冰朝这边涌来，海面都会被冰块覆盖得严严实实。大海就好像被挤到了灯塔的那一边。”

野津想象着，在深蓝色的鄂霍茨克海峡，雪白的冰山连成一线出现的情景。一切的声响全停止了，整个大海被一种异样的沉寂包围。那一条白色带状物缓慢地朝这边涌了过来，预示着有什么即将发生，既让人觉得新鲜刺激，又令人感到毛骨悚然。

“有时候我想，这个城市干脆一眨眼被流冰吞没算了。因为在这之前，我总是琢磨着要逃离这座城市。”石井感慨道。

此时，夜幕已经完全笼罩了大海，雪花，依旧在夜色中曼舞。

“走，去海鸣街干一杯？今早海上风平浪静的，肯定有上好的新鲜海货。”石井把烟头放进桌上的烟灰缸里掐掉，说道。

“走！一起喝一杯。”

野津回答的声音很大，连自己也吓了一跳，仿佛是要把过去的一切抛诸脑后。“啪、啪”，野津使劲儿地拍了两下脑袋，然后便大踏步地走向隔壁更衣室。

图书在版编目（CIP）数据

雪舞 /（日）渡边淳一著；周浩，汪燕译．—杭州：浙江文艺出版社，2013.11
ISBN 978-7-5339-3819-2

Ⅰ．①雪… Ⅱ．①渡… ②周… ③汪… Ⅲ．①长篇小说—日本—现代 Ⅳ．①I313.45

中国版本图书馆CIP数据核字（2013）第228609号

版权合同登记号 图字：11-2013-137

责任编辑 闻　艺
特约监制 金马洛
产品经理 陈　亮
特约编辑 黄莉辉
封面设计 所以设计馆

雪舞
[日] 渡边淳一 著　　周浩、汪燕 译

出版 浙江文艺出版社
地址 杭州市体育场路 347 号　邮编 310006
网址 www.zjwycbs.cn
经销 浙江省新华书店集团有限公司
印刷 北京慧美印刷有限公司
开本 880 毫米 × 1230 毫米　1/32
字数 179 千字
印张 7.75
印数 40000
版次 2013 年 11 月第 1 版　2013 年 11 月第 1 次印刷
书号 ISBN 978-7-5339-3819-2
定价 29.80 元

已出版

渡边淳一经典作品集·两性随笔

在一起，制定只属于我们的法律！

事实婚，比同居更牢靠，比结婚更自由。

情爱大师渡边淳一最新两性随笔力作

为爱开出新的处方！

击碎对衰老的既成概念，

过与年龄不符的人生！

情爱大师八十高龄分享人生的乐活艺术

从现在开始，设计你的晚年生活！

做好书